櫻花莊的寵物女孩 6

Kadokawa Fantastic Novels

向在櫻花莊的所有相遇致上謝意。

櫻花莊的寵物女孩

第一章
為了以後也能再回來

1

「已經決定要在今年度拆除櫻花莊了。」

水明藝術大學附屬高等學校的學生宿舍──櫻花莊的飯廳裡，難得集合了所有人。

六名學生、一位老師，總共七人圍著圓桌。

由裡側順時針數來，先是櫻花莊監督教師千石千尋；接著是即將畢業的三年級生外星人上井草美咲；她的青梅竹馬三鷹仁；平常總是窩在房間埋首於程式作業的赤坂龍之介；與七隻貓住在一起的神田空太；在他旁邊的是身為天才畫家、現在則以漫畫家身分持續活動的椎名真白；最後是以聲優為目標、隻身從大阪來到東京的青山七海。

「不好意思，所有人現在開始著手準備，以便春假期間就搬出去。」

對於千尋突然丟出的爆炸性發言，首先反應的是空太。

「啥？」

口中忍不住發出痴呆的聲音。

「咦？」

接著是七海驚愕的聲音。

然後是這兩人同時向千尋提出直接的疑問：

「為什麼？」

「為什麼呢？」

完全搞不清楚狀況。

為什麼會突然冒出這種事呢？

這一天……二月二十日星期日，雖然是假日，空太為了去看妹妹優子的榜單，還是與真白、七海一起去了學校。結果優子漂亮地落榜了。不過，這無所謂。

之後在學校會合的仁和美咲有了一些爭執，下午回到櫻花莊，感覺似乎非常幸福。長期以來籠罩在緊張氣氛之中的仁與美咲，終於也順利地穩定下來，令人開心得彷彿是自己的事一樣。總算是鬆了一口氣。

就在這時，空太等人在玄關被一臉正經的千尋攔了下來。接著，等待著連把制服換下的空檔都沒有就被集合在飯廳裡的空太等人的，就是剛才那句話。

——已經決定要在今年度拆除櫻花莊了。

到底發生了什麼事？

櫻花莊雖然每天有如非常識的跳樓大拍賣，但事態比想像中還要嚴重。至今從來沒有想過，櫻花莊會有消失的一天……

所以，空太當然會感到動搖。也難怪他嚇得瞪大眼睛，想著會不會是聽錯了。

如果千尋所說的是事實，那麼今後的高中生活該怎麼辦？對二年級的空太來說，還有整整一年的時間。

腦中所描繪的在水高迎接第三年的季節，從腳邊逐漸崩壞毀滅。被告知沒了容身之地，曾經想像的未來也被迫從零開始。

該說真不愧是櫻花莊吧，面對這樣衝擊性的事態，除了首先發出聲音的空太與七海，其他四個人倒是意外地很冷靜。

美咲與跳上餐桌的暹羅貓青葉玩互瞪遊戲，仁則只是推了一下眼鏡，靜靜地等著千尋接下來要說的話。至於空太的兩邊……真白與龍之介，則是毫無反應。不僅如此，真白還從放在餐桌中央的茶點裡挑出了年輪蛋糕，小巧的嘴吃了起來，似乎還小聲喃喃著「好吃」。至於龍之介，彷彿什麼事都沒發生過一樣，喀噠喀噠地敲著筆電鍵盤。

實在是讓人想懷疑是不是聽錯了。不，自己的耳朵確實聽到了，證據就是七海也做出同樣的反應。

「這是怎麼回事？老師？」

結果只能向千尋尋求答案。空太如此想著，再度丟出疑問。

視線的焦點——千尋的嘴唇，輕輕地張開了。

不過，聽到的卻是別人的聲音。

「太好了呢，學弟！」

美咲充滿活力地站起身，擺出勝利姿勢。受到驚嚇的青葉逃了出去。

「啥？」

對於越來越莫名其妙的發展，空太再度發出呆愣的聲音。就目前情況發展來看，到底哪一段具有擺出勝利姿勢的要素呢？

「那又是為什麼啊！」

比起櫻花莊將被拆除，說不定美咲的思考迴路更令人難以理解。

「學弟，你沒有在聽千尋說話嗎！『要仔細聽老師的話』，小學的時候沒有教過嗎！」

美咲直指空太。

「不，正因為我有在聽，所以才覺得學姊的反應莫名其妙喔？」

「要改建櫻花莊，你不覺得高興嗎！我可是從現在就開始興奮到一個不行喔！對於完工感到迫不及待，豈止是晚上睡不著覺，就連白天都想要拿來睡呢！想要穿越時空到未來去！」

「呃？改建……咦、咦？所謂要拆除櫻花莊，是這麼正面積極的事嗎？」

空太戰戰兢兢地詢問千尋。

「不是。」

卻獲得如此簡短的回應。

這也難怪吧。

「就算真的是這樣，上井草下個月就畢業了，不管怎麼樣，妳都不能住了。」

「既然這樣，那我要留級！」

美咲大聲宣告可怕的事。

「我決定要愉快地享受第四年的高中生活！四月起就是同學了呢！請多指教！」

現在並不是指教這種事的時候。

「別說蠢話了，上井草。妳的素行雖然有很多問題，但書面資料上是全勤，而且妳的成績也一直都是全學年之冠喔？如果讓妳留級，那就會變成今年的三年級生全都要留級了吧。」

「就算那樣，我也無所謂～～」

「算了，不管怎麼說，教師們全部打從心底歡迎妳畢業，所以絕對不會讓妳留級的。」

千尋所說的「歡迎」，大概是希望她早點離開的意思吧。如此一來就能放下肩上的重擔，把外星人推給大學……之類的。總覺得應該是這樣。

「回到前面的話題……所謂要在今年度拆除櫻花莊，就是字面上的意思。連建築物也會完全拆除。當然，你們就不能繼續住在櫻花莊了。」

「千尋！我沒聽說這樣的事，也沒認可過喔！」

美咲在旁邊的座位上抓住千尋的前襟，毫不留情地前後左右搖晃千尋。

「那是因為妳不是理事會的人啊。」

千尋維持嚴厲的表情，淡然地把美咲甩開。如果是平常，她大概會追加「不過以妳的情況來說，除了不是理事會的人，根本就連『人類』也不是吧」這樣的話……今天的千尋似乎有點奇怪，表情看來非常認真，不是能夠開玩笑的氛圍。平常總是嫌麻煩似地下垂的眼角，現在則帶著嚴肅的氣息。所以對於櫻花莊即將拆除一事是毫無虛假的事實，空太也只能接受。

逐漸冒出的緊張感侵蝕飯廳。對話中斷，空氣中飄盪著像是在等待彼此會如何出招般如坐針氈的氣氛。

美咲把嘴抿成一字形，帶著鬧彆扭的表情要求千尋撤回拆除的決議。仁閉著眼睛思考，龍之介則依然操作著筆電，要說像是反應的反應，也只有一瞬間抬起視線，以眼睛確認大概的狀況。

真白把吃了一半的年輪蛋糕放回袋子裡，現在則乖乖坐著。因為幾乎沒有表情變化，無法判斷她到底是不是掌握了事態。

相對的，七海緊握放在桌上的手，彷彿在忍耐什麼一般。

空太目光裡帶著無法理解的情緒，望向千尋。

而千尋只像是放棄了似的緩緩嘆了口氣。

「已經決定要在今年度拆除櫻花莊了。」

然後再度重複同樣的話。

彷彿事到如今才覺得這是真的。櫻花莊即將被拆除的事實……

理解事實的瞬間，感情便直率地做出反應。內心緩緩炙熱了起來，帶著某種即將爆發的力量湧上來。全身就像電流通過一般，接著反射性以低沉的聲音，像是自言自語般問道：

「為什麼？」

「依建築物的老朽狀況來看，判斷把學生繼續安置在裡面是危險的。」

千尋依然一派冷靜。

「就算是這樣，為什麼會這麼突然！」

空太幾乎要站起來，把身子伸向餐桌。

「是誰判斷的！」

「專門的業者。」

千尋冷淡地回答。

「什麼時候？」

空太立刻又問了。

「我沒看過有這樣的業者來過。」

同時也以眼神尋問七海與美咲是否看過。

「我沒看過。」

「我也沒有喔～～」

最後是隔壁的真白也說沒看過。

「你們當然沒看過。因為我要他們在寒假期間再過來檢查老朽狀況。」

「寒假……難道是……」

今年的冬天，千尋對所有櫻花莊住宿生提出返鄉命令。當時，記得千尋是說自己要去國外旅行，而監督教師不在的櫻花莊不能有學生留著，沒想到真正的理由竟然是為了祕密進行老朽化的檢查嗎？

況且，千尋實際上似乎並沒有去澳洲，而是一直待在日本……

「妳欺騙了我們嗎！」

空太忍不住大聲了起來。

真白大概是嚇了一跳，從隔壁投來視線，不過現在沒時間理會。

「就結果而言是這樣吧。」

千尋有些事不關己地說著。

「老師！」

「稍微冷靜點，空太。」

這時插話進來的，是沉默地思考了一會兒的仁。

「總覺得哪裡怪怪的。」

「你是指什麼？」

「櫻花莊確實很破舊，但沒有破爛到非得現在立即搬出去不可。這一點，住在這裡的我們最清楚不過了。」

「這個……」

就如同仁所說的。雖說是老朽程度嚴重所以很危險，但還是覺得不對勁。

「櫻花莊還能住。」

真白默默地插話。看來她似乎姑且有在聽。

「就算要拆除，等空太你們畢業再拆不就好了嗎？理事會的成員好歹都是大人了，應該能從容等個一年吧。這麼一來，等沒有人住之後再隨心所欲地處理，不也比較不會產生爭議嗎？」

仁意味深長地將在天花板上游移的視線朝向千尋。

「況且，千尋應該也知道，只是單方面說要拆除，一定會引來我們的抗拒吧。」

「……」

千尋沒說話，似乎也不想與仁的視線對上，只是直盯著餐桌的中央。

「這麼一來，就會讓人忍不住想猜測是不是有什麼急迫的其他理由？」

一瞬間，千尋似乎看了真白一眼。不，說不定只是多心了。就算真是如此，空太也無法推測出其中的意義。

「事情會這麼急迫，是因為理事會拖到今天才下決議。沒別的意思。」

千尋乾脆地這麼說了。自顧自地講完的態度，實在令人沒辦法反問。她的眼神已經透露出要大家別再問了。

「真的嗎？」

沒想到仁還故意以開朗的聲音這麼問，實在是膽大包天。

「別再做沒用的刺探，這已經是會議上一致通過的事。」

不過，千尋也相當不好對付。就空太看來，仁所說的完全合情合理。千尋在隱瞞什麼的可能性很高。不過，千尋別說是臉色，就連聲音也完全沒變。

「不用擔心，神田、青山、赤坂還有真白四個人，已經安排好會讓你們搬到一般宿舍。」

這完全是事務性的發言。

「沒有人在擔心這種事！」

空太雙手拍了桌子站起來，身體受瞬間沸騰的情感驅使。

他把超越焦躁不耐煩的憤怒丟向千尋。

「……」

千尋的沉默，造成些微的空檔。

「也已經獲得暫時可以養貓的許可了。」

「我都說了，我沒有在問這些事！」

「我要說的話就是這些。花了你們一些時間，可以解散了。」

擅自結束對話的千尋起身離席。

「老師！」

千尋對空太的呼喚毫無反應，走出飯廳，回到管理人室。

留下六名學生。

「……」

誰也沒有立刻出聲說話，每個人都各自針對現在的狀況思考著，持續一陣子的沉默。

「事情變得很棘手呢。」

過了一會兒，仁沒有針對任何人如此喃喃說道。

「我去說服校長。」

美咲猛然站起來，正準備要衝出去時，仁迅速抓住了她的肩膀，讓她坐下。

「別這樣，美咲。」

「為什麼啊！」

「妳要是去了，校長就再也振作不起來了。在這種情況下，讓櫻花莊的立場變更糟並不是明智的做法。在搞清楚事情之前，妳就乖一點吧。」

「咦～～」

美咲雖然感到不滿，不過看來至少是打消了現在就飛奔出去的念頭。她噘著嘴雙手抱膝坐在椅子上，前後搖晃著身體。這時她突然又露出了滿臉燦爛的笑容。

「那麼，來召開櫻花莊會議吧！第一次櫻花莊防衛戰線即將揭幕了！」

「在這之前，我先確認一件事。」

「什麼事？」

因為空太與仁目光對上，於是他代表大家回應。

「先不管要畢業的我跟美咲，空太你們無所謂嗎？這可是能回到一般宿舍的難得機會喔？」

「那當然是……」

正要說出無所謂的時候，仁罕見地先插話了。

「一般宿舍不但建築物漂亮，也不用煩惱間隙吹進來的風，房門也不會掉下來，用餐也有餐廳的大嬸幫忙準備好。跟櫻花莊相比，可說是盡善盡美。當然，這麼一來也會有更多自己的時間囉？以空太來說，少了煩人的雜事，多出來的時間就可以用在草擬企畫或學習電腦程式。」

實在是確切的意見。況且，雖然現在已經不太在意，不過要是回到一般宿舍，被其他學生在背後指指點點的情況也會減少吧。

「不要感情用事，要連這些事都仔細思考之後，再決定會比較好吧？」

「我……」

空太雖然想將想法說出口，不過為了確認自己的情感，中途便緊閉雙唇。剛剛才被仁說了不要感情用事。

他閉上眼睛，做了一下深呼吸。

與自己內心的想法對峙，也佯裝冷靜，把沸騰的情感冷卻下來之後，緩緩地張開眼睛。

「即使是這樣，我還是想留在櫻花莊。」

「為什麼你會這麼想？」

仁試探性問了。

「櫻花莊確實是很破爛，而且還冬冷夏熱。走廊的地板會發出吱嘎吱嘎不太妙的聲音，偶爾還會豪邁地脫落。我的房門也確實很容易掉下來，門鎖沒有作用，毫無隱私可言。」

「而且雨天時，二樓還會漏水……」

七海如此補充。

還要列舉其他的不方便就沒完沒了了。以前曾經發生過冬天時浴室卻沒熱水的情況，夏天也發生過大黃蜂在陽台下築巢，導致大家鬧得天翻地覆。院子一沒照顧，馬上就會雜草叢生。在櫻花莊有許多一般宿舍不會有的辛苦。

空太剛開始覺得這一切都好麻煩，一心想回到一般宿舍。甚至還在房間牆上貼著寫有「目標！脫離櫻花莊！」的紙。

不過，現在不同了。就連大家一起去附近的澡堂，都覺得很有趣而感到開心。雖然再也不想碰到了，不過想起與大黃蜂的激鬥就忍不住想笑。除完草的院子裡的ＢＢＱ味道，至今仍然忘不了，還想再嚐試看看。

差不多是開始意識到美咲與仁即將畢業的時候了。對於一直以來視為理所當然的日常生活，空太開始覺得其實是非常珍貴而重要的時間。

「等我察覺到的時候……覺得麻煩的事全都變成了回憶。越是覺得麻煩的事、越覺得困擾的事，越是記得特別清楚。」

「嗯，沒錯。自從我來到櫻花莊，日記本消耗得特別快。」

七海以溫柔的聲音表示贊同。

「如果現在櫻花莊沒了，總覺得就像那些重要的東西都不見似的……我不想那樣。」

「原來如此啊。我明白空太與青山同學的心情了。真白呢？」

被叫到的真白……似乎正在發呆。

「喂，椎名。」

「嗯？」

「妳了解現在的狀況吧？」

「我了解。」

「真的嗎……」

實在是難以信任。

「如果是選擇題，我一定可以答對。」

「妳那根本就只是懵懵懂懂一知半解吧！」

「不要把我當笨蛋。」

「就在妳說出什麼選擇題的時候，我就已經想把妳當笨蛋了！」

真白看來有些不滿的目光投射過來要求出題。

「四選一可以嗎？」

「要二選一。」

「妳根本就打算完全靠運氣吧！算了！」

「櫻花莊會不見吧。」

看來真白似乎有基本的理解。

「沒錯。妳知道這代表什麼事吧？」

「從四月起就要在一般宿舍跟大家一起生活。」

「……咦？意外地很清楚嘛？」

不過話說回來，真白的態度未免太冷靜了吧。

「我說那個，真白，一般宿舍是男女分開的，所以沒辦法讓神田同學每天早上叫妳起床、幫妳準備衣服，也沒辦法幫妳做飯了喔。」

「是這樣嗎？」

真白的視線筆直地望了過來。

「應該會變這樣吧。女生宿舍男性止步，而男生宿舍女性止步。建築物也是分開的，所以一般宿舍可就沒辦法像櫻花莊這樣了。幾乎等於大家都會分散。」

「分散……」

不過在那樣的情況下，要由誰來照顧真白呢？要交給七海的話，也實在是於心不忍。

真白很罕見地陷入思考。

「空太不在的話，我會很困擾。」

總覺得導出來的結論有些偏了。

「櫻花莊比較好。」

不過，算了。看來真白似乎也理解了不希望櫻花莊消失不見，總之就先這樣吧。

「也就是說，真白也贊成。還剩下龍之介。」

龍之介本人忙碌地用筆電作業，根本就沒在聽。

「這次就真的要揭開第二次櫻花莊防衛戰線的序幕了！」

第一次是什麼時候結束的呢？

「算了，龍之介就不管了。那麼，空太，櫻花莊會議的準備就拜託你了。」

仁還這樣多事地亂丟工作過來。況且也不能就這樣不管龍之介。

「為什麼是我？」

「那當然是因為只有你一個人站著，而且還充滿幹勁。」

「我不是因為這樣才站著的！」

只是因為剛才緊抓著千尋，所以錯過了坐下來的時機而已。

「算了，倒也無所謂。呃～～那麼，我們來召開阻止拆除櫻花莊的作戰會議。有意見的人請舉手。」

「畢竟是理事會決定的，所以會很棘手。」

仁手也沒舉，很快便脫口而出。

「是啊。」

確實如此。如果對手是理事會，光說服校長一個人無法解決問題吧。況且，就連理事會有哪些人，空太都還不太清楚。

「還有，剛剛三鷹學長所說，彷彿有些內幕的話也很讓人在意。因為我也覺得真的太急迫了……如果有所謂真正的理由，我倒是很想知道。」

如此發言的人是七海。

就情感面上來說是如此，況且如果有其他理由，對空太等人來說也會比較好處理。無論空太他們怎麼說沒有危險，既然建築物的老朽問題已經被視為一個問題，要推翻之前的言論會很困難。畢竟這是因為擔心空太等人所做的決定。

「不過，真的是這樣嗎？」

仁把雙手疊在頭上，望著天花板。

「什麼意思？」

「我只是覺得假設有其他理由，而千尋卻沒對我們說，就表示有可能是她認為我們不要知道比較好。就一般的想法，如果是說出來也沒問題的內容，那就沒必要保持沉默吧？」

「這個……如果是正當的理由，說不定是這樣沒錯。不管怎麼說，現在這樣的狀態，實在是讓人覺得很不舒服。」

想聽聽能讓人信服的理由。

「嗯，這我也有同感。這麼一來，就輪到龍之介出場了吧？」

對於仁的發言，空太皺起眉頭提出疑問。

「如果查看理事會的會議紀錄，上面應該會有我們想知道的真正理由。」

仁乾脆地說出意想不到的話。

「這、這是不行的，三鷹學長！這是犯罪。你剛剛不是才要上井草學姊別惹出問題嗎？」

七海慌張地介入阻止。

「沒問題的，如果是龍之介，不會做出留下連結痕跡這種蠢事的。」

「誰在擔心那種事了！」

「哎呀哎呀，來到櫻花莊這麼久了，青山同學正經的個性還是沒變呢。」

「我倒覺得這樣很平常。」

而話題人物龍之介本人，則是一句話也沒說，輕快地操作連接無線網路的筆電。

「話說，赤坂從剛才開始就在做什麼？」

如果沒看錯，螢幕上所顯示的應該是租屋的訊息。

「正在想要搬去哪裡。」

「為什麼啊……」

「一般宿舍是兩人房，太狹窄。要把現在我房間裡的電腦或開發器材、伺服器之類的東西搬進去，百分之百是不可能的。原本我會來櫻花莊的理由就是這個。」

「那又為什麼會變成是在找出租的房子啊。」

「神田，你沒在聽千石老師說話嗎？還是你聽是聽了卻沒辦法理解？真是個麻煩的傢伙。」

龍之介帶著憐憫的目光望過來。

「你才是吧！」

「真沒禮貌。」

「為什麼會是以櫻花莊被拆除為前提啊！就算櫻花莊沒了，你也無所謂嗎！」

「真是個蠢問題。沒有什麼好或不好的。今年櫻花莊即將被拆除，這就是一切。」

「所以現在大家才要討論該怎麼辦不是嗎？」

「這只是在浪費時間。我不認為有可以推翻理事會決議的實際方法。」

「那是……」

確實如此，目前並沒有什麼好主意。

「……」

沉重的寂靜籠罩著飯廳。

「只有一個……倒也不是沒有辦法。」

慎重選擇措詞開口的人是七海。她從運動外套內袋拿出學生手冊，翻開後面的頁面，放在餐桌中央讓大家看清楚。然後，她用手指著其中一條校規。

上面寫著……

——對於學校方面的決定，本校學生如有三分之二以上同意，即有權提出異議。

「這個，也就是說……」

「如果能收集到全校三分之二以上的學生連署，就能推翻理事會的決議，讓他們放棄拆除櫻花莊。」

仁回答了空太的疑問。

「就是這個啦，小七海！」

美咲從旁邊來了一計大大的擁抱，漂亮地擊中七海。沒能擋下來的七海發出「呀啊啊」的慘叫聲，從椅子上跌落，被撲倒在地上。

餐桌底下傳來這樣的聲音。

「等一下，上井草學姊！妳幹嘛摸我的胸部！」

「因為山就在這裡啊！」

「要說山的話，就摸妳自己的！不對，算、算了，請快放開我！」

「既然說算了，那就無所謂囉～～！」

「我不是那個意思！啊、不要……」

「喔喔，小七海，好色啊！」

「真不愧是青山同學啊，竟然記得這種校規。」

即使在染了些微粉紅色的空氣當中，仁還是一派泰然地繼續聊著主題。

「剛入學的時候，應該就已經被告知要把學生手冊全部看過吧。」

好不容易逃離美咲的七海，從桌子底下鑽出來。她彷彿受到颱風直擊，就各種意義而言都感到疲累不堪。

「會遵守這種叮嚀的，大概只有青山同學吧？啊，前學生會長也會遵守就是了……」

仁中途開始如此自言自語。

「蠢斃了。」

說出這句話的，是持續物色租屋訊息的龍之介。

「哪裡蠢了？」

整理好儀容的七海，以一臉不高興的表情看著龍之介。

「我說的是『我不認為有實際方法』。綁馬尾的意見哪有實際的要素？水高的學生總人數超過一千人喔。也就是說，算起來需要約七百人的連署。」

「有可能啊。」

對於空太的發言，七海深深點頭表示贊同。

不過，龍之介只是越覺得麻煩而已。

「聽了數字還是無法理解的話，那我就改用比例來說明。全校學生的三分之二，意味著一、二年級的所有人。」

「這我知道。」

「現在三年級生是自由到校，所以我說的幾乎是學校裡的所有成員喔？冷靜地想想吧。」

「……就算是這樣，可能性也不是零吧。」

如果沒有其他有效的方法，也只能把一線希望寄託在連署活動上。總不能因為覺得困難就輕易放棄了。

「神田你所說的，只是毫無根據的毅力論而已。我可沒有閒到可以把時間浪費在那種可能性極低的方法上。」

「難道就因為這樣，要什麼也不做就放棄了嗎？」

「神田，你腦袋冷靜點，你現在的時間應該比我還要寶貴。資格審查會的準備無所謂了嗎？」

「……」

空太瞬間為之語塞。被戳到痛處了。

「……那個，當然是非做不可。」

「你要是煩這些多餘的雜事而失敗了，可不關我的事。」

「這麼說來，你的意思是資格審查會很重要，所以要我趕快接受櫻花莊要被拆除的事實，然後放棄嗎？」

「我一開始就是這麼說的。有閒工夫去抵抗已經決定的事，還不如把時間跟勞力花費在改善已決定的事要來得更有效率，絲毫不會浪費。」

「你這是什麼意思啊！」

「我都說成這樣了，你卻還無法理解，真是叫人吃驚啊。神田你太小看那間公司的資格審查會了。」

「才沒那回事。」

「即使在業界，那間公司也是以審議提問嚴格出了名。聽說在內部還被稱做『DA會』。」

「這我聽藤澤先生說過了。」

「那你應該也知道吧？『D』是指『DEAD』，『A』指的是『ALIVE』。」

所謂的資格審查會議，正是決定企畫生死的會議。通過的話，就能保證企畫化，如果是出現相反的結論……DEAD。正如同字面上的意思，企畫到此為止。

而實際上通過資格審查會得以企畫化的案子，似乎不到全部的一成。

「在神田連署的期間，其他參加者們則為了通過審查會而不斷準備，花費時間與勞力。眼前有這樣的對手，神田還指望只用閒暇時間準備的企畫能被企畫化嗎？你還真是傲慢。」

「我沒有這樣想！」

資格審查會的準備也要全力以赴，就跟之前一樣……

「如果你是認真的，是不是該有除此之外所有一切都豁出去的覺悟呢？」

龍之介的目光，似乎有那麼一瞬間看了真白一眼。

其中的含意，空太再清楚不過，龍之介所指的是「眼前就有個範本吧」。只以畫畫為優先生存至今的真白，雖然現在已經由畫畫轉變為漫畫，但本質上並沒有改變。盡全力在最重要的事情上，這才是把其他一切都豁出去。

真白心中存在著畫漫畫這件事，不會動搖，貫徹始終的生存方式，如同龍之介所說，對空太而言是最好的範本。空太一直以來都想和真白一樣。只是，現在的空太又如何呢？是否做到了只選擇其一而貫徹始終呢？

自己的將來與櫻花莊的未來——把這兩個放在天秤上，選擇其中一個，並不是容易的事。兩邊都很重要，都是最重要的。

「我能說的就是這些了。」

「……」

龍之介丟下無法回話的空太，靜靜地站起身，闔上筆電後回到房間去。

不論是真白、七海、美咲或仁，沒有人開口說話。

「這種事我也知道啊！」

空太用拳頭敲了下餐桌，過了一會兒痛楚才逐漸冒出來。

「我說啊，空太。」

「什麼事？」

空太抬起頭，迎面而來的是仁認真的眼神。

「你不要參加連署活動了。」

面對仁意想不到的發言，空太心臟因為驚愕而大大顫抖了一下，彷彿被拒絕的疏離感開始緊縛全身。

空太甩開這種壓力，在下一瞬間以強而有力的意識回應：

「不，我要參加！」

「這樣好嗎？如果以空太的狀況來說，我贊成龍之介的意見。」

「我會連學弟的份一起連署的，你大可放心喔！」

「不，我也要做。我想參加。」

空太再次一字一句清楚地宣言，彷彿要對在場所有人——仁、美咲、七海、真白四人傳達自己的想法。

「因為就這樣下去實在太令人不甘心了。」

「對於櫻花莊要被拆除覺得不甘心？」

如此確認的人是七海。

「有一半是。」

「另外一半是？」

「赤坂所說的話大概是對的。雖然很正確，但我卻沒辦法喜歡那樣的思考方式，所以想用別的方法做出結果。」

「既然這樣，你一定要通過資格審查會喔？」

「好的。」

「絕對要合格！一定要阻止櫻花莊被拆除喔，學弟！」

空太對美咲用力點點頭。

「那麼，就這麼決定了。」

「嗯，明天一早就要趕快開始櫻花莊防衛戰了！學弟！要早起囉！」

「我拜託妳，請不要三點就把我叫醒。」

「這樣啊，那麼就兩點半囉！」

「當然不行啦！那根本就還是晚上！」

2

隔天，早上五點就被美咲挖起來的空太，在一個小時之後——也就是六點，穿過了水高的校門。早晨的學校幾乎沒有人，明明是熟悉的學校，感覺卻像其他地方一樣。

換上室內鞋，空太、真白、七海、仁和美咲等人結伴而行，首先來到了校長室。

攔截到堅持每天早上都要比任何人早到校的校長，首先必須取得連署活動的許可。

空太最後一次進校長室，已經是被流放到櫻花莊的時候，不過現在卻覺得校長室比記憶中要來得狹窄。

空太告知來意後，校長明顯露出不願意的表情。

「你們想進行連署活動？」

「能夠給予許可嗎？」

「……」

校長之所以會皺起眉頭，當然是因為不想許可吧。而他看起來有些驚訝的樣子，也許是沒想到空太等人會用連署活動這樣的正面攻擊來抗議。

「不過，這件事已經經過理事會的同意了。」

校長以穩重的口吻溫和地拒絕。

接著，仁若無其事地回嘴反擊：

「因為校規寫著只要提出申請，不管是誰都能進行連署活動，應該沒有任何問題吧？」

真不愧是仁。

校長理所當然露出了為難的表情，看著空太等人的目光就像是在說：「違反那麼多校規的你們，竟然拿校規當擋箭牌嗎？」

即使如此，校長稍微思考了一下，還是在連署活動申請書上蓋了認可章。雖然有很多話想說，不過校長大概認為空太他們不可能收集到全校三分之二的學生連署，或者是覺得這樣總比貿然反對而引起更麻煩的行動要來得好。

「雖然我沒辦法支持你們，不過你們就好好加油吧。」

空太等人準備離開時，校長已經恢復能如此說話的從容。

離開校長室的空太等人立刻鎖定上學時間，開始連署活動。

他們站在入口大聲喊著：

「請協助連署反對拆除櫻花莊。」

這樣的情況在班會時間開始前持續了約三十分鐘。雖說快要三月了，但早上還是很冷，呼出來的氣息也是白色的。

因為只是一直站著，結束時全身已經冷到骨子裡，雙手凍僵，耳朵幾乎沒了知覺。

「欸，空太。」

「幹嘛？」

「我的耳朵還在嗎？」

「雖然我了解妳的心情，但不要問這種可怕的問題！」

這樣辛苦進行的首次連署活動，結果只能說是慘敗。

收集到的連署只有三人。一個是美咲的朋友——三年級的姬宮沙織，剩下的兩人則是與七海交情很好的高崎繭與本庄彌生。

也就是自家票。

有種面臨嚴苛現實的感覺。

比較大的問題是，幾乎所有學生都不知道目前櫻花莊的處境。連署活動的意義完全無法傳達出去，所以未被認知。即使說明了，也表達不出危機感。就非當事者的一般學生來看，櫻花莊會如何根本就無關緊要——總覺得能夠清晰感受到這樣的氣氛。

再加上櫻花莊被稱為問題學生的巢穴而惡名昭彰，感覺上有種不想與櫻花莊成員扯上關係的意識在作祟。因此也有很多在遠處觀望空太等人、竊竊私語的學生。

「最大的問題是不感興趣，其次是櫻花莊的評價太差了吧。」

回顧早上的成果，仁如此冷靜地分析。

「看來需要稍微研究一下做法比較好。」

不是從零開始，根本就是從負數開始的起跑點。

基於這樣的結果，空太一早就沒什麼精神，上午的課堂上始終沉浸在憂鬱的情緒中。

一到午休時間，斜後方的座位傳來聲音。

「收集到連署了嗎？」

是龍之介。他正拿著午餐整顆番茄大口咬著。桌上不見課本與筆記用具的影子，只放著一台筆記型電腦，腳邊的電源線一直延伸到牆壁。

「收集到三個人。」

受到昨天兩人意見不合的影響，空太依然臉朝向前，態度有些冷淡地回答。

「真是了不起的成果啊。」

「有意見的話就幫忙啊。」

空太轉過頭去，龍之介從書包裡拿出平板電腦，向空太遞過去。

「這是什麼啊？」

「閉上嘴，看就是了。」

空太照他說的收下來後，視線落在螢幕上，上頭顯示某文字檔。空太疑惑著是什麼東西的檔案，看了開頭，上面如此寫著——

——「水明藝術大學附屬高等學校．理事會會議紀錄」。

「這個是！」

空太抬起頭來，龍之介正在操作筆電，目光已經不在空太身上。

「如你所見，是理事會的會議紀錄。」

「你是怎麼拿到……」

不，這種事不用問也知道。龍之介絕對是駭進了學校的伺服器。

「你昨天明明還說是在浪費時間，結果還是做了啊。」

在旁邊聽到對話的七海插嘴。

「別誤會了。只是剛好拿來測試女僕的性能而已。」

「謝啦，赤坂！」

「我都說了只是拿來做女僕的測試……」

龍之介與空太目光對上，有些不自在地把視線移回螢幕上。

「不過，沒關係嗎？」

「當然不會有問題。中間經過了幾個國外伺服器才入侵的。就算查出有連結的痕跡，也不可能追蹤得到。」

「我說的不是那個意思的『沒關係』。」

「不然又是什麼？」

「反正說了應該也沒用，還是算了。」

七海大概是想說「就身為一個人而言，做這種事沒關係嗎？」不過，對認為只要不被發現就表示這件事不存在的龍之介來說，是不可能會理解的。

「既然如此，一開始就不要說那些沒有用的話，綁馬尾的。害我浪費了三十秒的寶貴時間。」

「真要說起來，還不是赤坂同學……」

似乎要開始爭吵了，不過空太沒心思去阻止。

隨著閱讀理事會的會議紀錄，外圍的聲音逐漸進不了耳朵裡。

空太的視線首先緊盯著的，是業者對櫻花莊老朽程度的調查報告。

——考慮安全的問題，建議五年內撤離居民並拆除。

「這個……意思是說不用現在立刻搬走也沒問題吧。」

因為就資料看起來，還有五年的期限。

「既然如此，為什麼要拆除櫻花莊……」

空太嘴裡提出疑問，繼續讀著理事會的會議紀錄，上面有了答案。

「不會吧……」

寫在資料下方的，正是決定拆除櫻花莊的真正理由。

「神田同學？」

空太看完之後，把平板電腦遞給七海。七海即使有些困惑，還是以不太熟練的手勢移動畫面。

她看著會議紀錄，目光逐漸變得銳利。

「就像會議紀錄上寫的，建築物老朽程度不過是表面上的藉口而已。」

沒錯，拆除櫻花莊另有真正的理由。

在會議紀錄中，這位當事者的姓名出現了許多次。

是個熟悉的名字。

——椎名真白。

「這麼一來就清楚了吧。」

龍之介只是口氣平淡地說道。

「椎名畫畫的才能可說是世界的財產。所以，對於把這個才能消費在漫畫這種無聊娛樂上，理事會產生了危機感。幸虧在日本對於天才畫家『椎名真白』的認知度很低，所以目前還未被視為問題。但是，未來椎名畫漫畫的事如果廣為世間所知，被報導成水明藝術大學附屬高等學校毀了天才畫家的可能性就很高。如果出現這樣的報導，就教育機關而言，大概會受到致命性的傷害。當然，也會發展成理事會成員的責任問題。所以決定拆除被視為對椎名產生不良影響的櫻花莊。這件事要在被社會大眾知道之前處理掉……大概就是這麼回事吧。」

龍之介打從心底覺得無聊的樣子，嘆了口氣。

「表面上以建築物老朽做為理由，大概是為了穩當地處理事情。如果搬出椎名，就會被周遭發現，這件事是出於考慮明哲保身所做的決定。真是愚蠢的一群人。在做多餘的事之前，還不如先強化伺服器的資訊安全。實在是沒救了。」

「等一下！椎名會成為漫畫家，跟櫻花莊根本就沒有關係啊！」

原本真白就是為了成為漫畫家才從英國回來的。因果完全搞錯了。

「就算神田所說的是事實，在這種時候，已經跟事實無關了。重點是理事會成員怎麼想。」

「我去向校長好好說明清楚！」

空太正要站起身，龍之介就出聲制止。

「別那麼做。」

「為什麼啊！」

「如果我是校長，會問怒氣沖沖闖進來說出椎名這件事的神田：『你是從哪裡知道的？』」

「……」

「你不會打算回答『駭進學校的伺服器，看了理事會會議紀錄』吧？」

「要是說了這種話，立場會變更糟糕吧。」

一臉擔心的七海安撫空太。

「……這我知道。」

空太緊咬牙根，拚命忍住想衝出去的心情。

昨天，仁也阻止了幹勁十足想去說服校長的美咲。他曾說過現在不要引起額外的問題……也討論過並決定這次要正面迎擊——那就是連署活動。

「而且，就算神田不去說，關於椎名成為漫畫家與櫻花莊的存在沒有因果關係這種事，千石老師應該已經向理事會說明過了。」

龍之介依然保持冷靜。

「雖然覺得不甘心，不過我覺得就像赤坂同學所說的。看了會議紀錄，就覺得之所以會在這個時期決定拆除，應該是老師幫我們說服理事會的吧。畢竟從去年的11月底，理事會的會議紀錄就開始記載有關櫻花莊的事。」

這個日期，正好與真白開始在少女漫畫雜誌上連載漫畫的時期重疊。應該不是偶然。

許多事都說得通了，也能理解千尋之前像在隱瞞什麼事的樣子。因為拆除的理由在真白身上，所以千尋才會保持緘默。

「可是，這樣實在太奇怪了吧！」

「在這世界上，奇怪的事情多得是。因為這世上滿滿都是對於『自己的思考絕對是正確的』感到深信不疑的人。而且，這些人又尤其握有事情的決定權。」

「赤坂你為什麼可以這麼冷靜啊！」

「不保持冷靜的話，就無法做出正確的判斷。而且，你多少該覺得高興吧？」

「這種情況下，哪裡有值得高興的事啊！」

「我們知道了理事會的真心話。只要反過來做，自然就能導出讓櫻花莊存續下去的方法。」

「……」

用不著龍之介說，空太也察覺到了。確實存在一個留下櫻花莊的方法。看到理事會會議紀錄的瞬間，在沸騰的腦袋裡，浮現了這個方法。因為理由在真白身上……

「既然會保持沉默，就表示神田跟綁馬尾的都發現了吧。」

「那種事當然不行！」

七海首先因情感驅使而如此反駁。不過，龍之介的表情還是沒變，只是把也浮現在空太腦中的方法淡然說出口。

「不用專程去收集連署，只要椎名離開櫻花莊就解決了。」

「閉嘴！」

情緒在一瞬間沸騰了起來。

「理事會的那些人，期望椎名的才能以他們認為『正確的形式』獲得發揮，誤以為櫻花莊是阻礙。這反而是好機會吧。」

「我都叫你閉嘴了！」

空太無意識伸出去的手，抓住了龍之介的前襟。

「等一下，神田同學。」

周圍開始騷動，引起別人的注目。同班同學們的視線令人感覺刺痛。

「神田如果對椎名感到難以啟齒，就由我來說。」

「絕對不准說！」

「真是難以理解啊。眼前明明就有一個確切的方法，為什麼要放棄它？我昨天也說過了，神田你應該還有其他該做的事。只要解決一個問題，你就能把那些時間用在準備資格審查會上。」

「赤坂你才是，為什麼會那麼想啊？」

「這是最確實的選項。」

「那麼一來，不就沒意義了嗎！」

「有意義。櫻花莊得以留下，神田也從問題中獲得解放。這不就夠了嗎？除此之外，你還希望什麼？」

「應該存在的人卻不見了，這是哪門子的櫻花莊啊！」

「……」

龍之介露出同情的眼神。

「我不想少了任何一個人。不管是椎名、青山、美咲學姊、仁學長、千尋老師……當然還有赤坂，我都希望你們留在櫻花莊。因為你們是重要的夥伴。」

龍之介的眼神看來有些驚訝。也許只是多心了。

「那麼，我問你……」

龍之介有些欲言又止。

「幹嘛啊？」

「神田你所謂重要的夥伴，是拆了一個建築物就會消失那樣脆弱的東西嗎？」

「不是。」

「那種表面上的關係，不管怎樣都會馬上消失吧。」

「我都說不是了。」

「既然不是，那麼不管是櫻花莊消失或誰離開櫻花莊，應該都沒有關係。不管是誰搬到哪裡住，也都沒有問題。」

「……」

「況且，就理論來思考，我實在不認為不告訴當事者真相，會是符合神田所說的什麼『夥伴』的選項。」

對於無懈可擊的反駁，空太一時語塞。要講道理的話，絕對贏不了龍之介。空太明知道這一點，回過神來卻已經以龍之介的步調進行對話。

抓住前襟的手失去力氣，垂然落下。

「況且，即使真的保住了櫻花莊，明年度還是會少一半的人喔。」

「那當然是因為美咲學姊與仁學長要畢業了，所以也沒辦法……」

不過，還有一個人是誰？既然是龍之介，就不會用半數來表現三分之二。

「赤坂同學該不會打算搬出去吧？」

「唉。」

對於七海的提問，龍之介發出了極度失望的嘆氣。

「這裡也有個笨蛋啊。」

「什麼！你說什麼！」

「會離開的人是妳。綁馬尾的。」

「咦？」

「咦！」

空太與七海同時發出驚愕的聲音。

「要是通過甄選，妳應該就會正式隸屬於聲優事務所。」

「是啊。」

「這麼一來，下學期就跟這學期不同，可以減輕訓練班課程學費部分的經濟負擔。雖然突然要妳以聲音的工作為生會有困難，但光是靠打工應該就足以供應妳的生活費。」

「……」

「所以學校方面就沒有理由把綁馬尾的放在櫻花莊。也就是說，綁馬尾的會被許可回到一般宿舍。」

「……」

七海彷彿在忍耐什麼似的咬著下唇，這正是已經理解龍之介說的話的證據。

反過來說……雖然不願意去想，不過即使七海在甄選會落選了，空太認為她可能也不會留在櫻花莊。

因為七海的父親要求她，如果落選了就要回到大阪。當然，如果回到大阪，也就不會留在櫻花莊。

如果七海落選了卻選擇留在水高，搞不好能繼續住在櫻花莊裡。不過空太不願意想像這樣的未來。他希望七海能通過甄選，所以不想做其他的想像。不過，如果七海通過了，確實就沒有留在櫻花莊的理由。

「妳別搞錯了，綁馬尾的。櫻花莊可不是靠自己的意願就可以繼續住的。這裡是問題學生被流放的地方。沒問題的話，當然就無法繼續待下去。」

「……」

「如果你沒考慮到這點，就把它考慮進去之後，再思考未來要怎麼做吧。半吊子最後還是會四分五裂。既然這樣，那還不如大家一起搬到一般宿舍，說不定才是最好的選項。我有說錯嗎？」

「……」

之所以會無話可反駁，正因為就如同龍之介所說的。

「拆除櫻花莊、三年級生畢業、綁馬尾的離開。剩下的時間很短，以老掉牙的說法，我認為與其把寶貴的時間浪費在連署活動這種沒用的事情上，還不如專心創造回憶，對神田你們來說才是比較有用的。」

腦袋裡一片混沌。光是面對櫻花莊的拆除問題，頭腦就快爆炸了，現在又提到明年度七海會離開的事，已經搞不清楚到底要保護什麼了。最重要的是，內心單純受到了很大的打擊。

「就像我剛才說的，有方法能留下櫻花莊。」

龍之介彷彿再度叮囑般出聲了。

「別說了！」

「如果把椎名離開做為條件，就可能說服理事會。」

「我都叫你不要說了！」

「不管神田如何否定，拆除櫻花莊的原因在於椎名身上，這是不可動搖的事實。只有這點是無可改變的。」

自己雖然很清楚，卻不可能接受，只覺得那是大人的道理，是大人的自私自利。真白的才能明明只屬於真白，真白的努力只屬於她自己。將結合這些的熱情投注在漫畫上，也是真白個人的選擇，僅屬於真白的權利，不是為了某人方便，或為了誰的明哲保身就可以被扭曲的問題。

真白至今所累積的東西，並不是不瞭解真白的人們可以依自己自私的情感去介入的次元。真白的存在，沒有讓他人打如意算盤的餘地。

對空太而言理所當然的這些事，有人並不明白。這實在讓人受不了，忍不住感到憤慨：「為什麼連這種事都不懂呢？」

「啊。」

瞬間將視線移向走廊的七海，察覺到了什麼。

「真白。」

聽到這個名字，空太也把視線移向門口。

站在門口的真白，無聲無息地走進教室。

「妳……聽到剛剛的對話了嗎？」

空太好不容易擠出沙啞的聲音。

「空太。」

被叫了名字的這一瞬間，空太全身竄過緊張的電流。真白聽了剛才的話，究竟會怎麼想呢？會有什麼感覺呢？

空太在說話之前，心臟撲通跳動到感覺痛楚的程度。不過，不可思議的，空太沒有把視線別開。他無法逃避，一股看不到的力量把他緊緊綁在真白身上。

「空太，筆記本。」

「咦？」

對於完全意料之外的發言，空太感到不知所措。

「筆記本。」

她到底在說什麼呢？

正這麼想的時候，發現真白背後有個女學生的身影，個子嬌小，比真白矮了半個頭。長髮紮成低馬尾在後腦杓分成兩邊，用橡皮筋固定。視線一對上，她便隨和地露出笑容，行禮致意。

「這是哪位？」

「志穗。」

「妳那直呼全人類名字的習慣，就不能改一下嗎？太突然了，連志穗同學也嚇一跳喔。」

「沒那回事。」

「不、不，明明就有吧。妳仔細看看她！」

被稱為志穗的女學生嘴巴僵硬維持在「咦」的形狀。

「總之，要保持適當距離使用敬稱啦……像是『某某同學』、『某某學妹』或『某某學弟』之類的，妳知道嗎？」

「不要把我當笨蛋，有的對象我也是會加敬稱的。」

「喔，那到底是誰？」

從來沒聽過。

「泰式酸辣湯（註：Tom yum goong，語尾音似日文的「學弟」）。」

「那根本就是湯吧！」

在這期間，被晾在一旁的名叫志穗的少女，以茫然的表情看著空太與真白。

不過，很快便抖動肩膀笑了出來。雖然似乎拚了命想忍耐，不過不太順利。

「原來椎名同學是會開玩笑的人啊。」

剛剛不是開玩笑，而是認真的……不過要說明似乎很麻煩，空太便曖昧地笑了笑矇混過去。

「不是開玩笑的。」

Campus

沒想到真白卻一臉認真地逼近志穗。志穗大概也以為她是在開玩笑，發出更大的笑聲。

「話說回來，椎名，妳過來做什麼？」

想起目的的真白再度轉向空太。

「她說願意幫我們寫名字。」

「咦？」

空太發出蘊含著驚訝的疑問聲。

「名字，寫在筆記本上。」

「啊，喔喔。」

空太終於理解真白是指連署的筆記本。

他從書包裡拿出來，在桌上攤開。

「在這裡寫下年級跟姓名。」

志穗依指示用圓圓的筆跡寫下全名「深谷志穗」、美術科二年級。終於收集到第四個人了。

「這樣可以嗎？」

「嗯，謝謝……不過，為什麼？」

「椎名同學拜託我的。一進教室就突然跑來找我，嚇了我一跳。說是『請大家都要寫』。」

「這樣啊。話說，妳有好好說明嗎？」

「說明了。」

「真的嗎？」

「說明了。」

空太彷彿要徵求意見，視線朝向志穗。結果，志穗一臉有些困擾的表情坦白：

「雖然我一開始還很疑惑，不過後來仔細聽了事情的原委，所以沒問題。雖然還花了不少時間才總算理解。」

這實在不難想像。真白看起來似乎不擅長說明。不，一定是不擅長。而且她本人覺得已經傳達給對方知道了，所以才更糟糕。

「那麼，我先告辭了。連署活動請加油。」

志穗帶著笑容擺出敬禮的姿勢，接著便小跑步離開教室。

「還要多少？」

「嗯？」

「還要收集多少人？」

「……很多。差不多要把這一整本寫滿。」

真白翻著幾乎是純白的筆記本。

「我知道了。」

未來還很長，讓人覺得現在就是永遠般那麼漫長。

「我再去拜託別人。」

真白說著，準備走出教室。

空太反射性對著她的背影出聲叫住她。

「椎名。」

「什麼事？」

回過頭的真白微微歪著頭。

「不……」

有些話想對她說。想對她說理事會決定要拆除櫻花莊的真正理由。剛才真白應該已經聽到了。不過，一旦被真白清透的雙眸凝視，還是會說不出話來。

「空太？」

應該要現在告訴她，這麼做絕對比較好。要是錯過這個機會，真白一定會被當成疙瘩。累積越多的隔閡，就越無法與真白視線相對。

心中這麼想的空太，下定決心開口。

「妳聽到剛剛的對話了吧？」

「空太尿床的事？」

「什麼時候有這種話題啦！」

「用因為家裡面下雨的說詞，企圖矇混過去。」

「為什麼妳會知道我幼稚園時丟臉的故事啊！」

「明子說的。」

「可不可以不要直呼別人媽媽的名字！話說回來，為什麼我們家爸媽要講這種事啊！」

七海就站在旁邊苦笑。看來似乎是回福岡老家時趁空太沒注意，一起從媽媽那邊聽來的……

「不是這個啦……」

空太對於要繼續說下去感到有些內疚，暫時將視線從真白身上別開。

「是櫻花莊要被拆除的真正理由。」

即使如此，他還是清楚地說到最後。

「我聽到了。」

話說回來，真白看來相當沉穩冷靜。

「妳沒關係嗎？」

「什麼？」

是不在意嗎？如果是真白，倒也不會覺得奇怪。

「……」

不，真的是如此嗎？

應該不是。不可能不在意。不會有這種事，不可能有的。畢竟真白為了連署，說服同班同學還帶到這裡來。為了櫻花莊……

真白也很珍惜櫻花莊，雖然不會表現在表情或態度上，所以不太容易發現，但她是不可能不在意的。真白同樣是人，不過是個高中二年級的女孩子，也會有所煩惱，也會陷入沉思而感到痛苦。因為空太從四月開始就跟她在一起，總是在身旁仔細看著她，所以不能以為這樣表示沒問題。擅自認為真白與大家不同而做了蠢事，這種失敗的經驗已經夠多了。

「椎名可以待在櫻花莊。」

「空太……」

「沒問題的。」

「……嗯。」

真白直率地注視空太。

「我們絕對會連署成功，不會讓他們拆掉櫻花莊的。我不會讓他們這麼做。」

「嗯，我們一定要連署成功。」

七海抓住真白的手。

「空太、七海。」

老是煩惱於理由或原因也無濟於事。現在該做的事不是思考，也不是煩惱。帶著同班同學過來的真白，教會了自己這一點。

收集連署。總之就是去做，即使要一個一個去說服也要收集到。

為了讓住在櫻花莊的所有人不要感到後悔，守護櫻花莊是現在最重要的事。

空太緩緩環顧教室。剛才受到不少矚目，所以跟幾位同班同學目光對上了。同學們立刻別開視線，使得空太忍不住苦笑。不過，現在不是該卑躬屈膝的時候。

要做的事只有一件。

「有事要拜託大家。」

現在只能做這件事。雖然全校三分之二的學生人數是遙不可及的道路，但是不一步步往前的話，永遠無法抵達終點。

「希望大家能提供協助。」

3

連署活動開始後，一星期的時間很快便過去了。

幾乎每天都選在上下課及午休時間進行活動，晚上則在櫻花莊的飯廳報告經過及召開檢討會，然後想定明天的作戰方式繼續活動……以這樣的循環忙碌到簡直要人命。除了非常充實以外，同時也感覺時間流逝得很快。

從星期一到星期六收集到的連署，終於突破了百人。為了達到全校三分之二的學生人數，還需要的連署將近這個數字的七倍。

今天是二月二十七日。明天就是這個月的最後一天，今天也是二月最後的星期日。

以三月八日畢業典禮做為時間限制的話，實際上可以活動的時間，只剩下一個星期而已。時間完全不夠。

這樣已經算收集到很多了。光是在入口叫喊還不夠，所以活動的第二天起，空太、七海、真白、美咲及仁便分開，在各班級收集。還向廣播社提出想在中午時間廣播，以及請校刊社採訪。雖然都有實質上的效果，卻始終沒有決定性的結果。

連空太也忍不住開始感到焦躁。

「我之前也提過，三月七日的資格審查會是社內會議，所以很遺憾，神田同學無法直接參加報告……」

「……」

能想到的都做了。

「因此，當天的報告將變成由我來進行……」

「……」

不過，完全不夠。

「神田同學。」

「……」

要怎麼做才能一口氣增加連署呢？

「神田同學？」

「咦？啊，什、什麼事？」

抬起頭來，眼前是皺著眉頭的藤澤和希。

「你今天好像心不在焉呢。」

「不、不，沒問題的。抱歉。」

這一天，空太正為了一星期後的資格審查會，與和希進行討論。

「你是不是有什麼煩惱的事？除了資格審查會以外。」

「這個……」

一看到吞吞吐吐的空太，和希便輕快地從椅子上起身。

「稍微休息一下吧。」

「咦？不，可是……」

開始討論才不到十分鐘。

「為了做好工作，重新振作精神也是必要的。」

「……對不起。」

和希這麼溫和地說了，空太也只能道歉。

「所以，發生什麼事了嗎？」

「並不是什麼值得向藤澤先生說的事……這樣也無所謂嗎？」

「是的。」

「其實是……」

空太選擇措詞，依時間順序向和希說明櫻花莊的現況——突然決定要拆除櫻花莊；為了推翻決議正在進行連署活動；完全無法收集到連署；以及要拆除櫻花莊是因為宿舍生之一真白……

「原來如此，這可是一件大事。我也能理解你為什麼沒辦法集中精神了。」

「對不起。」

「不過，說的也是。如果是這樣，你要不要從資格審查會收手，現在就立刻回去？為了重要的櫻花莊。」

「咦！」

「即使是這樣，我也無所謂。」

不知道和希哪些話是說真的。不過，這種事一點也不重要。

「……那怎麼行！」

不可能回去。雖然櫻花莊的事很重要，但絕對不能浪費了好不容易得來的機會。不知道投了多少次的企畫，每當收到落選通知時，胸口便隱隱作痛……即使如此，還是不放棄地持續下去，好不容易才掌握到機會。空太自己最清楚其中的價值。

非常重要。資格審查會也很重要。空太已經下定決心一定要通過。

自己也覺得很矛盾，現在並沒有立場說兩邊都很重要。是否能通過資格審查會，一定會對自己的人生產生重大影響。不過就算如此，也沒辦法像龍之介所說的，為了自己的目標放棄櫻花莊，選擇資格審查會。一想到要放棄櫻花莊，就覺得身體要被撕裂開來了。

反過來也是一樣。現在不是光想著櫻花莊，疏於準備資格審查會的時候。不但請和希利用休假陪自己討論，況且在得到這個機會之前，也得到了櫻花莊所有人的許多幫助。

不過，如果真的是這樣，那自己又該怎麼做呢？

「我的說法有些壞心眼呢。」

在露出苦悶神情的空太眼前，和希放鬆表情。

「不過這麼一來，神田同學也明白了吧？」

「……明白什麼？」

完全搞不懂。空太處在黑暗之中，呼吸困難，身體緊緊受到束縛。

「處在這個與那個都非做不可的狀況下，不管是誰都會想拋下一切，逃離思考與煩惱。」

「……是的。」

「不過，要是在這裡別開視線不去面對問題，真的逃跑了，就什麼也解決不了。只有那一瞬間心情會變輕鬆……但最後，等待自己的只有後悔。」

「是的。」

「我認為這是任何人的人生當中都會遇到的事。會有就算抱持著不舒暢的心情或焦躁，還是得一個接一個處理堆積如山問題的時期。而且更煩人的是，越是對自己重要的事，越是會接連好幾個迎面來襲。所謂的命運，其實是很壞心眼的東西。」

和希大概是想起了什麼，露出苦笑。

「我也有過這樣的經驗。我印象最深刻的是學生時代……我那時有喜歡的人。」

大概是指千尋吧。

移開視線的和希，眼裡映著窗外廣闊的商業區。

「大學快畢業時，我為了創立現在的公司到處奔走。實現目標就在眼前，每天都興奮不已。雖然很忙碌，卻覺得充實而快樂。」

「……」

「就在同時，我喜歡的人正為了目標而煩惱——應該堅持畫畫，或是成為美術老師……」

「……」

「她也曾找我討論。不過，當時我沒有餘力陪她一起思考。」

「您沒有煩惱過嗎？」

和希只是曖昧地笑了笑。

「那個時候的我，深信選擇最重要的東西，捨棄其他東西的人才成熟。那時也覺得自己的夢想有那樣的價值。」

「難道不是嗎？」

「我不否認。因為當時的選擇，所以我現在才能做自己想做的工作。實際上，必須把事物單純化以0或1來思考。有時候這樣斷然的決定才會受到評價。不過，這樣是否就是成熟，我現在則不這麼認為。」

「那麼，藤澤先生現在覺得什麼樣的人才成熟呢？」

「我的目標大概是成為對任何事都能保持柔軟態度的人吧。」

「柔軟態度嗎？」

「就算碰撞到什麼尖硬的東西，也能柔和地接受，並且反彈推翻的柔軟度。我現在覺得，如果是同樣堅硬的東西相互碰撞，彼此都會壞掉，但如果我是柔軟的，就能不傷害自己與周遭了。不過，就創作者的立場而言，倒是希望自己永遠是尖銳的。」

和希如此說著，刻意笑了。那是還帶著赤子之心、令人印象深刻的笑容。

「我認為藤澤先生是非常和藹可親、身段柔軟的人。」

「能夠讓你這麼覺得，也許是我在這十年之間多少變得比較真誠了。」

「……」

「我個人認為，最不好的事就是沒有下定決心。」

「決心……」

「選擇其一也好，想兩者並存也好，不管哪個都好。只要是仔細思考過自己想怎麼做、該怎麼做，之後抱持決心的結論就行了。」

「決心嗎……」

「是的。然後，另外一件重要的事，就是一旦決定了就不再猶豫。相反的，最糟糕的就是什麼都還沒決定，就隨波逐流到最後。就算幸運出現了令人滿意的結果，也完全沒辦法累積成自己的經驗值；要是出現不好的結果，就一定會後悔。」

和希的話能夠如此深入人心，大概是因為全都是基於親身經驗吧。

「不過，請你不要誤會了。我可不是叫你不要煩惱喔？我反而是覺得，最好在許可的時間範圍內好好煩惱個夠。這是很重要的。就算很痛苦也該去煩惱。沒有人能夠不經煩惱就成長的，況且越是逃避也只是越覺得可怕而已。」

微笑的和希喝了口咖啡。大概是覺得苦，不禁皺了眉頭。

「我決定了。」

和希用目光催促我做結論。

「我現在要集中精神在資格審查會的討論上。所以，請繼續吧。」

「那麼，接下來要進入主題了。」

和希點點頭，表情切換成工作模式。

與和希的討論從下午三點開始，一直持續到晚上七點。

企畫內容雖然整理好了，不過為了減少成本，縮小了規模，所以需要補充創意。話雖如此，和希也說了，就算用疲累的腦袋繼續談，效率也很差，因此幾個該補強的地方就成為剩下這一星期的功課。

之後和希請空太吃飯。九點多，空太回到藝大前站。

長時間的討論果然很累人，腦袋的疲勞也確實影響身體。要是沒吃晚餐，說不定現在已經累趴了。

空太等待電車門打開，跟在前面身穿西裝的男性之後來到月台。

他跨步走向剪票口。

這時，前一個車廂上走下來一個熟悉的人影，後腦杓搖曳著漂亮的馬尾。

「青山。」

空太從背後出聲，七海的肩膀微微顫動了一下，甩著馬尾轉過頭來，與空太視線對上後，驚訝的表情瞬間緩和下來。

「什麼啊，原來是神田同學。」

「是我有什麼讓妳覺得不滿的嗎？」

七海無視空太的話，繼續說道：

「神田同學也是現在才回來啊。」

「是啊。」

「原來是同一班電車啊。」

空太追上七海，兩人並肩跨步走了出去。

不過不知為何，察覺到什麼的七海跟空太稍微保持距離。

「我做了什麼讓青山討厭的事嗎？」

「……我剛剛上課流了汗。」

七海的口氣聽來有些鬧彆扭。

「我又不在意……」

空太雖然這麼說，卻還是稍微在意了起來。從七海身上傳來柑橘類的清爽香氣。

「倒是有種很香的味道。」

「你、你在說啥！」

「好像酸酸甜甜、很美味的感覺。」

七海將距離越拉越開，或者該說是跑著逃開了。

「什麼？等一下！」

「別過來，變態！」

空太被罵得很難聽。

兩人依然保持距離，空太跟在七海後面穿過剪票口。

來到商店街，七海雖然已經不再跑著逃開，卻還是不願意縮短三公尺的距離。

兩人維持奇妙的距離，走在已結束營業，只剩下微弱街燈的寂寥紅磚商店街。夜空掛著圓月，灑下溫柔的光芒。

「那個……這樣實在讓人平靜不下來，可以跟妳並肩一起走嗎？」

「你不會再講奇怪的話了吧？」

「不會再講了。」

「那就好。」

恢復成東京腔的七海勉強答應，靠近過來。

「訓練班的課程到今天就結束了吧？」

「嗯，今天就上完了。」

「兩年嗎？」

「嗯。」

對話聽來彷彿在仔細品味這段時間。

「兩年嗎？」

「為什麼要講兩次？」

「沒有啦，就覺得很漫長。」

「嗯，是很漫長吧。」

「訓練班是兩年就結束了吧？」

「是啊。」

之前聽說過訓練班的系統。不管是否通過決定隸屬事務所的甄試，所有人都是兩年畢業。

所以，似乎並沒有「沒辦法隸屬於事務所就在訓練班多留一年，再挑戰明年的甄試」這樣的選項。

「真是乾脆啊。要是在隸屬事務所前，不管幾年都能照本人的意思留在訓練班不就好了？」

「說的也是。之前我也是這麼覺得。」

「現在不一樣了嗎？」

「雖然沒有不一樣……不過，我最近覺得好像懂了為什麼兩年就結束。」

空太稍微想了一下。

「有時間限制，比較能專心投入……嗎？」

「這也算是吧。不過集中在訓練班的人，都是些就算沒有這種理由也能專心投入的人。」

「嗯，說的也是。那麼，又是為什麼呢？」

「我認為那是讓人放棄的一個契機。」

七海泰然自若地講著出乎意料的話。

藏不住驚愕的空太，茫然張著嘴。

「訓練班每年的名額有六十人，能夠在兩年後隸屬事務所的只有其中的兩、三個人而已。即使是被選上的這兩、三個人，也不保證就能長久持續做聲音的工作。能夠成為人氣聲優的僅其中極少數，而這極少數人，人氣也都幾乎只是一時的便結束了。」

「聽妳這麼一說，還真是嚴苛呢。」

能夠從訓練班爬上事務所的，機率是二十或三十分之一。而且隸屬事務所之後才是真正的開始，接下來只能憑實力獲得工作。

「因為拚了命努力朝向夢想的時候，就會看不見這些現實。不對，說不定是不去看而已……」

想太多就會綁手綁腳。尤其是消極的要素，更是妨礙試圖踏出的第一步。

空太聽到這裡，覺得自己似乎知道七海想說什麼了。

「妳的意思是說，為了讓人想起這個現實，才會是兩年結束的課程嗎？」

「嗯。我覺得是『先暫時停下腳步，重新思考接下來該怎麼做』的意思。如果不做個切割，時間只是拖拖拉拉地流逝，無法整理自己的心情。」

「真殘酷啊。」

「不過，也許正因為這樣才有意義吧。接下來，要繼續到其他訓練班上課、追逐夢想也可以，也有人稍微改變目標加入劇團……當然，也有人放棄了，這好像是最多人選擇的。」

「這樣啊。」

「在不行的時候，清楚地說出不行，也是種溫柔。」

「是啊，要是明明沒希望卻還不負責任地說些要人加油的話，確實是讓人開心不起來。」

嚴苛有時也是為人著想。只是就算這樣，被說不行的時候還是會感到痛苦……

「我說那個啊……」

「嗯？」

「青山為什麼想成為聲優？」

「我沒說過嗎？」

「我沒聽說過。」

「不可以笑喔？」

「是那麼有趣的原因嗎？」

「你的回應好壞心眼，真討厭。」

七海鼓脹著臉抗議。這是平常很少見的表情，像是在鬧彆扭，總覺得很可愛。

「我不會笑的，請告訴我。」

不知為何，七海一副受不了的樣子嘆了口氣。

要是在這時說些什麼，可能就會扯開話題，所以空太決定什麼也不說。

「在小學上國語課的時候，不是會被老師一個個點名起來朗讀課本嗎？」

「是啊。我很不擅長那個東西。」

實在沒辦法順利地一邊看著文章一邊讀出聲音，無論如何就是會吞吞吐吐地卡住，很羨慕能唸得很流暢的同班同學。

「我很喜歡那個。」

空太即使沒見過，腦海中也已經浮現出挺直背脊、把課本筆直擺在眼前的七海的模樣。

「大概是四年級的時候開始，我的朗讀開始受到老師的稱讚。老師誇我『青山同學，妳有很好的聲音呢』。因為我從沒有過自己的哪個部分受到這種讚美的經驗，所以真的很開心……心想說不定自己只有聲音很特別，莫名地有了自信。」

「我倒是什麼都沒有被稱讚過呢……」

七海曖昧地笑了笑。

「我想那就是原因吧。對於聲音的工作有了興趣，動畫、電影配音、旁白、廣播的音樂節目主持人、廣告……一知道有這麼多種，就逐漸變得熱衷，也很常模仿呢。這時知道有聲優訓練班，所以就想挑戰看看。」

大概是為了掩飾害羞，七海在最後加上了「很單純吧」，輕輕笑了。

「不過父親卻反對啊？」

「嗯，而且還反對我離開老家，也反對我去訓練班上課。人家好不容易鼓起勇氣全部說出來，卻完全被否定。」

「妳這樣還能從家裡跑出來啊？」

「我覺得就是因為被反對，所以才會跑出來。」

「啥？」

「要是家人很乾脆地贊成了，反過來想，說不定我就不會在這裡了。因為父親說了『絕對不行』，所以我才會想『絕對要實現給你看』、『我絕對要離開老家』。要開始做什麼事情，都需要這樣的氣勢吧？」

「原來如此，搞不好就是這樣。」

在這一點，反骨精神會成為巨大的原動力，要是生氣發火了更是如此。越是不理性，身體意外地才會動起來。

「那麼，說不定青山的父親就是看穿了這一點才會反對的喔。」

「那是絕對不可能的。」

剛才還平穩地說話的七海說得很乾脆。她的表情看來似乎有些生氣，大概是還沒原諒父親。

這時，對話稍微中斷了。

「……」

「……」

走了一段路，彼此卻什麼也沒說。

平常明明不會有這種情況，卻也沒有冒出新的話題。

兩人走過炫目閃爍的路燈下。

空太看著筆直朝向前方行走的七海側臉，忍不住覺得她跟自己正在想著同樣的事。

「青山。」

「什麼事？」

七海在旁邊往上看著空太。

「關於四月以後的事。」

「果然是這件事啊。」

「就是這件事。」

「你剛剛說的話好像真白。」

七海輕聲笑了。

接著仰望夜空說道：

「我原本以為畢業前都會待在櫻花莊。」

空太也如此深信不疑。

「不過，就像赤坂同學說的吧。」

依然注視著遠方的七海，似乎帶著舒暢爽朗的表情。

「青山，妳打算離開嗎？」

七海沒有回答這個問題，拿出之前龍之介說過的話。

「櫻花莊本來就不是想住就能住的地方。」

「這個，呃，是這樣沒錯啦……不過那是赤坂的理論吧。」

「赤坂同學真的很愛講道理呢。總是自以為是……不過，另一方面他講的也沒錯，我對他最沒輒了。」

難得看到七海這樣形容別人。

同時，空太現在才察覺到今天的七海比較多話。這大概跟正在等待甄試結果有關，說不定也跟今天是為期兩年的訓練班課程最後一天有關。兩者應該都有。不管是誰，在重要關頭都會覺得感傷，並且想隱藏與平常不同的自己，變得跟平常不同。

「麗塔到底是喜歡赤坂同學的什麼地方呢？」

「不就是喜歡他那愛講道理、自以為是，另一方面說的話又都沒錯的這一點吧？」

「還是無法理解……」

七海輕輕笑了。

「不過多少也得感謝他就是了。」

「感謝赤坂？」

七海點點頭。

「他讓我想起了自己做選擇是很重要的。不是被誰強迫，而是要自己決定該怎麼做才行。」

「說的也是。」

今天也跟和希聊了這樣的話題。在許可的時間內去煩惱、思考、理解，並且得到答案。他告訴空太這些事的重要性。

「所以，我決定去思考。」

這並不是空太期待聽到的答案。不過，也有件事是確定的。七海對龍之介並不是只覺得愚蠢而一笑置之，而是認真看待並接受。也就是說，留在櫻花莊或離開，這兩者的可能性都有。

那空太就不該插嘴。思考的人是七海；煩惱的人是七海；決定的人也是七海。

「不管怎麼說，首先還是得保護櫻花莊才行。」

如果不這麼做，七海就沒有煩惱的理由了。她好不容易才決定要去面對。

「說的也是呢……這也是為了真白。」

「嗯？」

「你為什麼露出覺得奇怪的表情啊？」

「不，沒有啊。」

「雖然神田同學『負責照顧真白』，不過我也很擔心真白喔？」

「這我知道啦。」

知道情況的美咲和仁，應該也是同樣的心情。

「如果我站在同樣的立場，一定無法假裝沒事，會深深覺得櫻花莊要被拆除是自己害的，彷佛就要被壓垮了吧。」

「是啊。」

「要是櫻花莊真的消失了，也不知道該怎麼辦，可能會一直耿耿於懷。這麼一來，就沒辦法跟櫻花莊的同伴們在一起了。被罪惡感影響，會變得難以面對大家吧……」

「我不會讓事情變成那樣的。」

「嗯。曾經那麼快樂的日子，要是因為這樣就變成不好的回憶，實在是讓人受不了呢。」

「是啊。」

聊著這些話題的時候，兩人已經來到了延伸至櫻花莊的緩坡。一步步朝櫻花莊前進。

今年開始動工的隔壁建地，大約一個月前完成了基礎工程，現在骨架也加上了屋簷，逐漸看得出建築物的雛形。二月即將結束，令人不禁感受到時光的流逝。

來到距離櫻花莊不到十公尺的地方，察覺門外有個人影。

想都不用想，光靠氣息就能立刻發現是真白。她在月光照耀下，神祕地佇立著。

「那傢伙在幹什麼？」

真白從道路另一側看著櫻花莊全貌。

七海一邊靠近一邊出聲叫喚，真白便緩緩轉過來。

「歡迎回來。」

「嗯，我回來了。」

「我回來了。」

「妳在幹什麼啊？」

「在看櫻花莊。」

「真希望妳能連原因一起說明。」

於是真白稍微思考了一下。

「因為想看？」

「原來沒有特別的意義啊。」

對於這樣的對話已經習慣了，不能什麼都希望是有理由的。

真白再度茫然眺望著櫻花莊。

「……」

不，說不定是有意義的。要是連署不成功，櫻花莊就會消失。無論何時總是能夠眺望的這幅景色，說不定將變成雙手永遠觸碰不到的東西。

而且，真白知道。她知道原因出在自己身上。

「對了。」

真白大概是想起了什麼事，再度轉向空太與七海。正想著是什麼事的時候，真白無視空太的存在，向七海遞出一封信。

「這個，寄來了。」

若無其事收下的七海，表情立刻變僵硬。不用問也知道原因；不用想也知道。因為稍微瞥見的信封上，寫著聲優事務所的名字。

甄選的結果通知單寄來了。

因為緊張，覺得肚子開始不舒服。明明想開口說些什麼，卻只是從嘴裡吐出氣息，極大的壓力湧上來。說是緊張也太不知天高地厚了，這是恐懼。

就連考試放榜都沒有這麼緊繃過，就算是「來做遊戲吧」的提報也是如此。明明就不是自己的事……不，正因為不是自己的事，所以才無法順利承受這個壓力。因為自己無能為力，所以才感到恐懼，不知道會變怎樣。

就在這樣的空太眼前，七海一邊吐氣一邊緩緩閉上眼睛。

「好。」

她小聲呢喃，接著當場撕開信封。

裡面是一張折了三折的紙。

七海的視線掃過內容。

從剛才開始，心跳的激烈程度有增無減。明明不是自己審查的結果，空太全身卻被看不見的力量完全束縛住。

好可怕。真的好可怕。在聽到結果之前，可以的話真想逃離現場。不過，身體卻不聽使喚。

七海從通知單上抬起頭，再度深呼吸般「呼～～」的吐了口氣。

雖然試著思考其中的含意，卻想不出答案。

「怎麼樣？」

空太忍受不了緊張，無意識地這麼問了。

兩人視線對上，七海放鬆臉上的表情，露出溫柔的笑容。沒有眼淚，所以這一瞬間，空太幾乎要喊出「太好了」。

「沒通過。」

七海接在笑容後的話語，讓空太歡喜的聲音卡在喉嚨深處。

「……」

完全發不出聲音。

「沒有通過。」

七海又重複了一次。

眼前突然一片黑暗。

「騙人的吧……」

七海向愕然的空太遞出通知單。

視線掃過通知單，上面寫著不合格。並沒有看錯。

但是，為什麼呢？

為什麼七海能以泰然的表情，站在空太面前呢？

映在七海眼裡的空太，表情反而苦悶地皺在一起。

還以為她會哭。

本來以為如果是不合格的通知，七海一定會哭。

原本深信就算是在空太或真白面前，七海也一定會為自己大哭一場。

現實又是如何？

七海露出平穩的微笑。

「因為我能做的都做了。」

不是這樣。

「沒有什麼遺憾了。」

這是不可能的。

「啊～～結束了呢。」

「不是吧！」

空太反射性大叫。

「神田同學？」

笑容終於從驚訝的七海臉上消失了。

「開什麼玩笑！能做的都做了？沒有遺憾了？對青山來說，成為聲優不是能用這麼簡單的話就打發的事吧！」

「……」

看不清楚低著頭的七海的表情。

「這兩年，不可能是這麼輕鬆簡單的吧！」

「……」

看得出來七海緊咬著嘴唇。

「不用硬撐了。」

「……」

即使如此，七海還是沒有出聲。

「不用硬撐也沒關係，想哭就儘管哭吧。沒有人會笑妳，現在不哭是不行的。」

低著頭的七海肩膀顫抖著。以為她哭出來了，但卻不是這樣。

「我要硬撐。」

「為什麼？」

「我當然要硬撐下去啊！」

緊咬牙根的七海，銳利的視線投向空太，蘊含了堅強的意志，絕對不會動搖……濕潤的雙眸反射街燈的光，閃閃發亮。但是，七海的眼淚沒有落下，只是逐漸風乾。

「為什麼啊？」

「要是我現在哭了，一定會什麼都沒辦法做。」

情緒匯集成言語，刺痛著空太的身體。

「現在櫻花莊正處於可能會被拆除的狀況，就連連署活動……我不想變成彷彿一切都無所謂而拋下不管……不想變成陷入悲慘的自己。」

七海一步也不打算退讓。幾乎可以沉痛地感受到她的心情。

「上井草學姊還有三鷹學長的畢業典禮，就在眼前了喔？我不想讓他們擔心。我想帶著笑容歡送他們離開！」

「青山。」

「要是現在哭了，這些事就全都泡湯了……」

「可是……」

讓七海這麼硬撐著歡送離開，即使是美咲與仁也不會開心吧。最重要的是，這對七海本身沒有一點好處。

「我沒問題的。」

這是不可能的。

「我沒問題的。」

七海大概是感受到了空太的想法，再度這麼強調。

「只到畢業典禮為止。畢業典禮結束之後，我就會用力地哭泣。我答應你。」

「……」

即使七海投以悲痛的心情，空太還是無法點頭同意。畢業典禮在九天之後。還有九天。空太不能判斷這時間究竟算長還是短。

「所以，我要拜託你。不要跟上井草學姊還有三鷹學長說這件事。真白也是。」

在空太回應之前，有啪噠啪噠的腳步聲從櫻花莊裡逐漸靠近過來。腳步聲很快來到附近，玄關門被用力打開。出現的人是美咲。不知為何，她竟然穿著熊的布偶裝。

「你聽我說喔，學弟！」

跟現場氣氛不搭的開朗聲音迴盪著。

「我想到收集更多連署的好主意囉～～！名稱就是『布偶裝大作戰！森林裡的動物看到了！』喔！」

「……」

「咦？怎麼了？」

畢竟美咲還是察覺到了現場緊張的氣氛，只見她歪著頭，大大的頭套往右邊鬆脫了。

「怎麼這麼沒精神啊！」

現在應該讓美咲知道比較好。關於七海的事……

「因此，從明天起，小真白跟小七海也一起來幫忙吧！我已經準備了很適合妳們的東西了。」

美咲迅速拉起真白與七海的手，走進櫻花莊裡去。

途中，真白轉頭回望了一次，眼神看來似乎想訴說什麼，不過卻什麼也沒說。

空太最後也沒能叫住美咲。

「……」

因為想發出來的聲音早已沙啞而不成聲。

「……我為什麼……」

本來打算好好呼喊的，聲音卻怎麼也發不出來。

拆除櫻花莊已經確定了，也知道原因就在真白身上。資格審查會的準備漸入佳境，還有功課還沒完成。連署活動不太順利，與龍之介之間也有些彆扭，從吵架那天一直到現在，都還沒說過一句話，就連簡訊或聊天室也沒互動。

問題堆積如山，越積越高，堆到都看不見頂端了。再加上這次又是七海的甄試落選……明明不是讓她硬撐逞強的時候。明知道不行，卻無法動彈。

空太的雙手，已經滿是幾乎無法承載的重物。

二月二十七日

這一天的櫻花莊會議紀錄上，刻劃著幾乎令人感到沉痛的心情。

——明天連署活動也要加油喔！書記．上井草美咲

——絕對！絕對要連署成功！然後以笑容迎接畢業典禮！追加．青山七海

——我會加油的。追加．椎名真白

第二章
穿越光輝閃耀的日子！

1

二月的最後一天。二十八日星期一，一早就是舒服遼闊的藍天。柔和的陽光讓人感受到春天的預兆，幾乎不穿外套也無所謂，是如此風和日麗的天氣。

以往縮著身子上學的水高學生，今天也稍微挺直了背脊。學校飄盪著某種清新舒爽的空氣。

但是，空太的內心卻一點也沒放晴，從昨晚開始就覆蓋著厚厚的雲層。眼睛下方帶著深深的黑眼圈，睡眠不足完全寫在臉上。

即使好不容易撐過上午的課，下午卻不斷受到睡魔的猛烈攻擊。

乾脆就睡吧。

雖然不知道這麼想過多少次了，但不可思議的，就算閉上眼睛、趴在桌上也睡不著。平常都能拿來當作搖籃曲的老師的聲音，現在也完全不管用。就連破壞力超群的白山小春的現代國文課，也違反了空太的意識，完全撐過去了。

身體覺得不太對勁，就像感冒的前兆，恍恍惚惚覺得沉重，微微帶點熱度的感覺揮之不去。雖說如此，就算用體溫計量，實際上也沒發燒。

真要說生病的話，那應該是心理的部分吧。

在痛苦中掙扎的心靈侵蝕著肉體。

昨晚，終於失去意識的時候已經過了五點。六點前就被美咲叫醒，與其說有睡了，倒不如說只像是一段較長時間的瞇眼而已。

腦袋莫名清晰。即使想睡覺，卻沒辦法停下思考。腦中充滿了有關七海的事。

結果，第六堂課結束為止，空太完全沒辦法睡。

就這樣來到放學前的班會時間。

值日生七海喊著「起立」的口令。接著喊出「敬禮」，同班同學其中一人滿不在乎地說著：

「好，再見啦～～」

因為要掃地，大家把桌子全部往後方撤。

空太憋住今天不知道第幾個呵欠，眼中滲滿了眼淚。

「真是的，神田同學，你振作一點吧。」

坐在隔壁的七海，明顯地鼓脹臉頰。

「連署也是為了真白吧。」

「啊，是啊……」

相對於吞吞吐吐的空太，七海的表情很開朗，眼神閃閃發亮。今早也觀察了一下，不過七海的臉頰並沒有淚水的痕跡。這兩年來，就連玩樂的時間也豁出去了，目標是前往聲優的道路。因為沒通過甄選，這條道路也被阻斷，而七海卻沒有哭泣。

不僅如此，她還有鞭策空太的餘力。這麼一來，立場完全顛倒了。

「我去拜託要開始社團活動的網球社連署囉。」

七海以跳躍般的腳步走出教室。

那樣自然的態度，在空太眼裡看來卻太明顯了。這也難怪，因為七海在硬撐。但現在想說什麼都太遲了。要說什麼的話，昨天早就該說了。七海只能在昨天哭泣。

「真是難以理解。」

後面傳來這樣的聲音。是正把筆電收進書包的龍之介。

「難以理解什麼啊？」

其實不用問也知道。

「神田跟綁馬尾的，明明都知道道路前方是一片黑暗，為什麼還偏偏要選擇那條路？」

「那是因為……」

空太彷彿想爭取思考的時間，自然地如此說出口。只是，根本不需要思考的時間，答案就在眼前，早就已經歸納出答案了。

「因為根本就不需要什麼道理。」

空太若無其事地吐露出心中突然浮現的話語。沒錯，不需要什麼道理，有的只是感情。所以無關得失，選擇了稱不上聰明的選項，只是單純強烈地想這麼做。

「最不會白費力氣的選項，不見得就是最想要的選項。」

「到時候受重傷的可是自己喔。」

「就算這樣也無所謂。」

自己也有自覺正在做蠢事。即使如此，有時還是沒辦法變聰明。

現在即使與完全持相反意見的龍之介對話，也不可思議地能平心靜氣了。大概是因為幾乎沒睡，所以精神正處於奇怪的狀態。以現在來看反而正好。如果是現在，也能冷靜與龍之介談了。

「果然還是難以理解。」

「我說啊，赤坂。」

龍之介以視線表示「什麼事」。

「你真的覺得沒有櫻花莊也無所謂嗎？」

沒有雜質的直接提問。

一瞬間，龍之介的眉毛抽動了一下。

「我之前應該已經說過了，這不是有沒有所謂的問題。」

「我正在問你的，就是這個問題。」

「……」

「我問的不是基於理論，而是你自己覺得如何。」

「我沒有興趣。」

從空太身上別開視線的龍之介如此說道，準備回家。

空太不放棄，對他的背影出聲叫喚。

「我覺得能說得這麼乾脆的赤坂實在很厲害。」

龍之介停下腳步，卻沒有回頭。

「能用理論去思考事情，並且照著採取行動真的很厲害。我覺得很羨慕。因為不管下定什麼樣的決心，都需要精力。」

「……」

「不過正因如此，所以我會覺得赤坂不可能沒有任何感覺，不可能沒有任何想法。」

即使完全不會顯現在臉上，但像真白也會考慮許多事。思考、煩惱，並且感到痛苦。世界上絕對沒有不是這樣的人類。

「……」

龍之介什麼也沒說，只是站著。

「我一直想撇開道理什麼的不談，與赤坂聊聊感性的對話……應該說現在也想這麼做。櫻花莊的事是如此，還有其他所有事也是。」

「……」

「前陣子，因為我講得不夠清楚，所以可能沒能好好讓你了解。」

「……」

「如果你也是同樣的心情，還是希望你也一起參加連署活動。之前你曾經說過吧？『剩下的時間很短暫，所以用來創造回憶還比較有建設性』。我認為這就是回憶，即使這個連署活動會成為櫻花莊最後的回憶也無所謂。在這其中，有我、椎名、青山、仁學長與美咲學姊……如果也有赤坂，如果能跟櫻花莊的大家在一起，這樣也無所謂。」

「這還真是自私任性的說法啊。別把我拖下水。」

「我沒打算強迫你。所以……所以說啊……」

這時，空太深呼吸了一下。接著，緩緩說出直率真誠的話語。

「我們正等著赤坂，因為你也是櫻花莊重要的夥伴。」

「那才真是在浪費時間。」

龍之介回答完，便踩著與平時相同的腳步走出教室。空太並不想追上他，也沒打算叫住他。

剛剛所說的就是一切了。

一直想說的話，剛剛都傳達給他了。

所以，相信他並繼續等下去。

因為相信他。

2

空太與龍之介聊完，為了避開還留在教室的同學令人不自在的視線，匆匆忙忙地走出教室。先去接真白吧。

從開始連署以來，幾乎每天班會時間一結束，真白就會自己出現在空太的教室說著：

「空太，要去收集了。」

並且展現出十足的幹勁。但今天卻還沒出現。

空太想著大概是放學前的班會時間耽擱到了，並走向美術科教室。途中突然就和剛上樓梯的千尋碰個正著。

「喔！」

忍不住發出聲音。

「你在害怕什麼啊？」

微瞇著眼的千尋完全就是一副受不了的樣子。

真希望她能多少睜隻眼閉隻眼。因為發生太多事，心裡還沒整理好，再加上被告知櫻花莊即將被拆除以來，與千尋之間就飄盪著微妙的氣氛，沒有好好談過話。

所以精神上會因為突然碰到而變得紊亂，這也無可奈何。

話雖如此，千尋倒是完全跟平常一樣泰然自若。

「你來得正好。來，這個拿好。」

甚至還這麼說著，把手上的大畫架硬塞給空太。

「這是什麼啊？」

「畫架。你不知道嗎？」

千尋露出打從心底把空太當笨蛋的眼神。這不是老師面對學生時該有的表情。

「我要問的是為什麼要叫我拿啊！」

「因為很重啊。你有沒有問題啊？」

「會不由分說就叫學生拿的老師，才有問題吧！」

「那麼，就拜託你送到美術教室去了。」

完全沒在聽空太的抱怨。

「妳自己拿去啦！」

「才不要呢。好麻煩。」

「麻煩我就沒關係嗎！」

「你的個性也很麻煩呢。真該教得更順從一點的。」

「妳馬上給我辭掉老師的工作！」

「啊～～你好吵啊。別那麼小鼻子小眼睛的。你不是也要去美術教室嗎？順便嘛，順便。」

「我要去的地方是美術科的教室。」

空太得意洋洋地如此果斷宣言。

「現在真白是在美術教室喔。」

不過，千尋還擊了一記必殺絕技。

「那麼，你要去哪裡呢？你有事要去真白不在的美術科教室嗎？說啊，到底是怎麼回事？」

「……我要去美術教室。」

「好啦，走吧。」

千尋立刻邁開腳步。

「你不跟上來的話，我就要丟下你不管了喔。」

「總覺得無法釋懷啦！」

空太無可奈何，只好扛著畫架追上千尋的背影。爬上樓梯前往三樓。途中彼此都沒開口說話，有時會遇到擦身而過的學生向千尋打招呼道再見。

千尋便會以受到學生喜愛又能幹的老師形象，給予爽朗的回應：

「好，再見。」

「根本就是詐欺。」

「你剛剛有說什麼嗎？」

「請妳偶爾也對我溫柔一點吧。」

千尋露骨地露出厭惡的表情。

「你真的很噁心呢。」

「妳怎麼可以對學生說這種話！」

「就因為是對學生才這樣說吧？要是對附近的路人這麼說，對方會生氣啊。」

「我也已經生氣了！」

「我說啊，神田～你吵吵鬧鬧的，不覺得很引人側目嗎？饒了我吧。」

「想求饒的明明就是我……」

真是沒道理到了極點。空太忍不住打了個呵欠。

兩人來到連接本棟與別棟的走廊時，學生人數突然減少了，幾乎聽不到說話聲，突然變得安靜下來。主要是音樂科與美術科的學生實習才會使用別棟，所以一般學生不太會來到這裡。

兩人在走廊上前進的途中，千尋說道：

「真抱歉啊。」

「如果妳真的這麼覺得，至少也請幫忙一下吧。」

這個畫架由一個人拿實在很重。

「我不是指讓你拿東西這件事。」

千尋一邊走著一邊眺望窗外。感覺不像是在看什麼，只是把視線朝向那邊而已。

她的側臉看來有些疲累。此時，空太才好像明白了千尋所說的「真抱歉啊」是指什麼。

「老師在理事會上有為我們反對過拆除櫻花莊的事吧？」

要是沒有人反對，決議應該不會出現在二月下旬這種不自然的時間。

「不過，既然沒辦法說服理事會，也就沒什麼意義了。」

千尋自嘲地笑了。那是不常看到的成熟表情。

「不過，謝謝老師。」

「……理事會也是，他們並沒有惡意。」

千尋的目光望向運動場上準備進行社團活動的棒球社。他們放置著一壘到三壘的壘包，接著畫出菱形的白線。從校舍往外看，看得出畫得有些歪斜。

「並不是討厭你們。」

「您是指理事會嗎？」

「沒錯，他們只是不知道，不知道你們的價值觀而已。」

「喔。」

「所以，他們只相信自己的價值觀。認為擁有被世界認同的繪畫才能的真白不應該畫漫畫，而是應該生存在繪畫的世界，並且深信這才是真白的人生最好的選項。理事會也是以理事會的方式認真思考過。」

「……」

「他們真的在為真白擔心，認真地為真白的未來著想。」

空太以前確實也有過同樣的想法。為什麼明明擁有世界認同的畫家才能，真白卻要以漫畫家做為目標，從零開始呢……擁有充分的才能，為什麼不以畫家身分繼續向前邁進就好了呢……

「可是……」

對真白而言，無關乎別人的價值觀。不管理事會如何操錯心，不管空太怎麼想，她還是忠於自己，在自己想走的道路上向前邁進。

畫出有趣的漫畫——這對現在的真白而言，可以說是唯一的目標，全心全意為這件事獻上一切。即使一邊進行連署活動，這一點也沒有改變，總是認真地面對漫畫原稿，每天都畫到很晚。

也多虧如此，她的作品將登上三月份發行的連載刊物封面及扉頁彩頁。

「像是把你們界定為問題學生而集中在櫻花莊的價值觀也是。因為與大多數人不一樣，就在異於常人的人身上貼上標籤，並因此感到安心。」

「雖然我並不否認我們是問題學生。」

事實上，空太因為養了七隻貓，總不可能在一般宿舍與其他學生一起生活。曾經是無視門禁的外宿帝王仁也是如此，而外星人美咲甚至在櫻花莊裡都算是異類。龍之介的房間裡設置了大型伺服器，根本不像高中生的房間。異於常人這點，雖然多少有些差異，不過空太也不得不承認。

「嗯，當然給別人添麻煩這一點是不值得讚許的。不過就我看來，異於常人的你們還比較像高中生。配合周遭、察言觀色……光是努力不要太顯眼，也只會感到呼吸困難吧？」

「老師……」

空太從來不知道千尋是這樣看待自己跟其他人的。

然而，要不是這樣，大概也沒辦法勝任櫻花莊的監督老師。千尋之所以會採取放任主義，大概就是表示任由大家發揮吧。雖然空太想問這件事，不過還是沒開口，因為要是問了，千尋一定會回答只是嫌麻煩而已。

「話題扯遠了。剛剛說到哪裡了？」

「請妳自己好好記得吧。現在不是沒喝酒嗎？」

「什麼啊？難道說神田你就記得？」

「講到理事會沒有惡意。」

「啊，對了。沒想到你會記得，莫非你其實很認真？」

「因為是老師在講話，當然會很認真聽啊！」

千尋無視空太的抗議，自顧自地繼續說下去。

「我想三鷹應該已經發現了。關於我剛剛所說的理事會的想法。」

「仁學長嗎？」

「與價值觀不同的人對話是沒有用的。反正不會有結論，所以才會採取跟你們不相襯的連署活動這種正面攻擊吧？」

「不，我倒是沒聽仁學長說過什麼……」

那一天……舉行櫻花莊會議的時候，長時間陷入沉思的仁的臉孔，浮現在空太腦海中。那時就是在想這件事嗎？

空太不禁發出嘆息。

「唉。」

「我說你啊，一邊看著別人的臉一邊嘆氣，實在是很沒禮貌耶。」

整理目前為止的對話，總覺得千尋說的話才壓倒性地沒禮貌。空太嚥下想抱怨的牢騷，要是又說些沒必要的話，話題又會扯遠了。

「我在一年後有辦法變得像仁學長那樣嗎？」

明明只差一個年級，仁無論是想法或行為舉止都很成熟。

「交六個女朋友這麼機靈的事，你是絕對學不來的。」

「我根本就不想學這一點！」

「反正你大概連一個也交不到吧？」

「可不可以請您不要故意講出早就知道的事！」

「那麼，你要把那個放在美術教室喔。」

千尋突然改變話題，準備離開。

「給我等一下，老師！」

「幹嘛啊？學生。」

正打算折返的千尋，嫌麻煩似的回過頭來。

「現在可是學生還在商量煩惱的時候耶！」

「那種事就自己解決吧。」

「太過分了！」

「那麼，你是你，三鷹是三鷹，這樣可以了嗎？」

千尋的口氣聽來滿不在乎。

「明明是鼓勵的話，為什麼會因為說法不同就變得這麼讓人難過啊！」

「好、好，這麼想要我幫忙，就只送你這句話。」

「這次真的拜託您了喔？」

千尋違背了空太真摯的願望，邊打呵欠邊發出聲音。

「如果你能仔細觀察三鷹好的一面，並且定出一年後想變成那樣的目標，我想你應該就沒問題了。光是知道這一點，現在就可以給你滿分了。」

聽到出乎意料認真的話，空太有些驚慌失措。

「謝、謝謝老師。」

「你應該表達更多的感謝。」

「就憑您這一句話，感謝的心情都快煙消雲散了。」

「啊，對了。」這時，千尋像是想起什麼似的說道。

「神田，剛好想起來有事要找你。」

「可不可以請您不要一直擅自轉換話題？」

好不容易才緊抓住千尋不放，不過千尋也不是這樣就會輕易回到原來話題的人。千尋嘴裡冒出令人意外的名字，使空太沒辦法繼續商量煩惱。

「告訴我藤澤和希的電話。」

「咦？」

「快點，手機拿出來。」

「啊，好的……」

空太先把畫架靠在走廊牆上，拿出手機。

「號碼。」

千尋隨即指示空太唸出來。空太唸出和希的電話號碼，千尋便照著空太所說的，按著自己的手機按鍵。接著，輸入最後的數字後，迅速撥出電話。

壓在耳朵上的手機埋進頭髮裡消失蹤影。

響起鈴聲後，千尋輕輕深呼吸了一下。

似乎是在第三次鈴響時接通了。

「啊，是我啦……那個……好久不見了。」

千尋發出比平常溫柔可愛的聲音。

「啊？誰是詐騙集團啊！」

空太才正這麼想，千尋立刻又恢復成平常的樣子。

「你好歹也記住自己以前曾告白過的女人的聲音吧。」

很遺憾，空太聽不到和希的回答。

「是沒什麼事啦，不過，今天為了我把時間空出來吧。」

空太與對著手機講話的千尋目光對上，千尋做出像是驅趕野狗的手勢，似乎是要空太先走的意思。這時還是乖乖聽話好了——正當空太這麼想的時候，聽到了旁若無人的對話。

「啊？神田的企畫？那種東西根本就不重要吧。」

「那可是這世上最重要的案件！」

千尋依然發出要空太趕快離開的訊號。

雖然對於對話內容非常有興趣，不過要是繼續聽下去，後果可能會很可怕。

空太背對著千尋，重新扛起畫架，在走廊上往美術教室跨步走出去。

「反正你來就是了。要是錯過今天，下次就再也不會有我主動邀約了。」

最後，背後傳來這樣有些鬧彆扭的聲音。

3

空太放下千尋來到美術教室，裡面只剩下真白一個人。真白的面前，有個幾乎能把真白的身影完全遮住的大畫布。真白的筆輕快地在上面舞動著。

「椎名。」

就算出聲叫她，她也理所當然似的沒有反應。

空太沒辦法，只好先把搬過來的畫架收拾好，之後在窗邊的圓椅上坐下。

從這裡正好看得到真白的側臉，不過無法看到畫的內容。

只見她一臉認真，今天在畫什麼東西呢？燃起興趣的空太，從真白的背後偷看畫布。

「啊。」

空太看到的瞬間，發出了驚訝的聲音。

至今不知看過真白的畫多少次了。不論是繪畫還是漫畫……雖然每次總是會有難以言喻的感覺襲來，但這次的驚愕與以往有著不同的意義。

真白正在畫的是曾經見過的建築物。即使閉上雙眼，就連細節也會鮮明地在腦中浮現的老舊木造兩層樓公寓。

那是一幅有夕陽照耀的溫柔畫作，不可思議地令人有種懷念的感覺。雖然上色還不到一半，光是看著便湧起一種溫暖的心情，胸口變得暖呼呼。

構圖是從門外——從道路對面看過來的感覺，整個建築物完全收在畫框內。星期日那天，真白之所以會從外面眺望櫻花莊，說不定正是為了這個。

真白的筆積極地在還沒上色的部分揮灑。乍看之下，只是隨意的筆觸。為什麼會在那裡畫那個顏色、為什麼會疊上這個顏色，這完全是空太無法理解的範疇。不過稍微看了一會兒，原本還沒有花朵的櫻樹上，逐漸綻放出櫻花。是真白讓它們綻放開來的。

雞皮疙瘩都起來了，每次看到總會感到震驚。厲害的東西，不管看多少次還是很棒。

空太覺得自己永遠不可能會習慣她的才能。

他不發一語地注視著，這時從走廊方向傳來逐漸接近的腳步聲。腳步聲停在美術教室前，門被打開，有人走了進來。

空太與走進來的人對上視線。是認識的臉孔。

「啊。」

空太這麼開口，對方則帶著驚訝的表情回應。

那是之前幫忙連署的深谷志穗。今天她依然晃著看起來很像兩支大毛筆的低馬尾。

「呃，我忘了東西。」

志穗像是在尋找藉口般如此說道。

「這樣啊。」

「嗯，沒錯。」

她的雙手拿起放在裡側畫架上的畫作。空太也知道這幅景色，是從水高頂樓望向車站方向的風景。那是一幅一望無際的藍天訴說著舒適暢快的畫。

「那麼，神田同學是來接椎名同學的嗎？」

「是啊。」

空太回應的同時與志穗一起望向真白。看來說話的聲音沒傳進她耳裡。她只是專注於畫畫。

「椎名同學真的很厲害呢。一旦變成這樣，就算跟她講話她也聽不到呢。」

「那幅畫是深谷同學畫的？」

話題轉到志穗手上。

「嗯，這是二年級生最後的創作課題。」

「那現在椎名正在畫的也是？」

「是啊。」

空太再度把視線轉回志穗的畫上。

「妳還滿會畫的嘛。」

「我說那個，神田同學……我也是美術科的學生喔。」

「抱歉。妳非常擅長畫畫。」

「唉……」

志穗露骨地嘆了口氣。

「算了，這也沒辦法吧。跟椎名同學相比，都是這樣吧。」

「不，我真的覺得妳很會畫畫。」

「我了解，我了解。」

總覺得她根本沒了解。雖然真白確實是在討論範圍外，不過就空太來看，志穗的畫也是美得令人羨慕。即使只有一次也好，真希望能畫出那樣充滿情緒的畫。

「別看我這樣喔～我在家鄉的繪畫教室可是被說『這孩子是天才！』而被捧上天喔。比賽也拿了很多獎，還考上了以競爭激烈著名的水高喔。」

「所以我都說我覺得妳很厲害了。」

志穗無視於這段話，繼續說道：

「不過啊，一旦進入水高之後，每個同學都跟我一樣會畫畫，甚至畫得比我還好呢。我心想『這傢伙是怎麼回事！』，一開始還大受打擊。而且學長姊們還更擅長畫畫。我一直以來都深信自己擁有特別的才能，結果感覺卻像是從腳邊整個崩毀的感覺。」

空太想起之前麗塔說過的話。麗塔的祖父開設的畫室，有許多來自各國或各地被稱為神童的孩子。但在充滿了具有繪畫才能的孩子的畫室裡，曾經是天才的人都變成了凡人。有許多孩子承受不了這樣殘酷的現實，選擇了放棄。

然而在這當中，真白仍是才能超群……

類似的狀況也發生在美術科的班級裡，所以空太才會在真白身上感受到孤獨，現在真白仍然是獨自一個人作畫吧？這並沒有誰對誰錯。空太對此想問志穗一個問題。

「深谷同學討厭椎名嗎？」

空太毫不含糊其詞。

「唔啊，真是直接啊。」

志穗誇張地嚇了一跳，又立刻恢復原來的表情，眼中映著真白的背影回答：

「嗯～～剛開始看到的時候心想『這是什麼啊～～』，已經完全是不同次元的感覺了。既然存在這樣的人物，就會覺得『我這種人畫畫不就沒意義了嗎？』而曾經感到很憂鬱。不只是我，班上的其他人也是。」

這也難怪吧。正因為很認真學習畫畫……正因為各自有託付在畫畫上的夢想，所以當實力的懸殊殘酷地擺在眼前時，是不可能沒有任何感覺的。

「現在呢？」

「現在也會覺得『世上怎麼會有這種人啊～～』。很厲害，太厲害了！椎名同學的畫，厲害到一整個莫名其妙呢。」

「這樣啊。」

正因為身處於同一個世界，所以志穗比空太更能直接感受到真白的才能。就如同麗塔一樣。

「不過，像這樣在同一個班級一年了，我開始能夠認為她的才能跟我畫畫是沒有關係的。」

志穗大概是為了掩飾害羞，帶著戲劇性的口吻。這同時也說明了她內心還存在著無法完全切割的情感，只是不同於以往，似乎能跟那樣的情感妥協了——應該是這樣吧。然而這也不是需要乾淨處理的問題，在實力的世界裡，這是難以避免的。

「原本我就是因為喜歡才開始畫畫的，也是自己喜歡才來報考水高的。雖然在家鄉被稱為天才，所以就得意忘形……不過現在被大大地挫了傲氣，這樣說不定反而正好。」

「為什麼會這麼認為？」

「沒有啦～～自以為『我就是天才！』而自信滿滿，旁人看起來一定會覺得是個性差勁、討人厭的傢伙吧？會讓人受不了。」

志穗稍微壓低聲音，一臉認真如此說道。

「是有這個可能。」

「雖然還是會覺得不甘心，現在就拿來當作是努力的動力好了。」

「這麼正面積極，真是不錯啊。」

「啊哈哈，只是不服輸而已。不過能在椎名同學身邊學畫畫，實在是非常幸運，而且這一年來，班上同學的實力都大幅提升了喔。絕對是受到椎名同學的影響。能偷的技術就全都偷走吧～～大家搞不好都出奇頑強呢。」

「是啊。」

就現實問題來看，在這種環境下，就算出現被擊潰的學生也完全不奇怪。不過就這一點而言，不管怎麼說大家都還是高中生吧。雖然不是大人，卻也已經不是小孩子了。雖然不知道這樣是好是壞，不過總是會在某處學習到妥協的方法，也或許是現在正在學習。另外，有了處於同樣境遇的夥伴，就會成為堅持下去的力量。如果只有自己一個人，大概會無法承受。就像麗塔……

「如果妳能以這個調調繼續跟椎名當好朋友，我會很感激的。」

「像我這種人也可以向她攀談嗎？」

「椎名從什麼時候開始變成那麼讓人惶恐的存在啊……」

「打從一開始就是喔。而且她好像一碰觸就會壞掉一樣。」

「雖然她有點怪……不，是非常怪，不過沒問題的。」

她剛來到櫻花莊的時候，雖然有太多的不安要素，不過最近應該已經好很多了。也說不定只是空太習慣了而已。

不過無論如何，真白都不同於她的外貌，內心其實非常強壯頑固。這點從一年前就沒變過。

「我說那個，深谷同學，我可以再問妳一個問題嗎？」

「什麼問題？」

「妳為什麼會願意幫我們連署呢？」

原以為很快就會有答案，志穗卻歪著頭說道：

「為什麼呢？」

「……」

空太忍不住投以失禮的眼神。

「為什麼要用像在看笨蛋的眼神看我啊！」

「抱歉。」

「不過，算了啦……嗯～硬要說的話，倒是沒有很確切的理由耶。該說是不由得就這麼做嗎……或者是覺得好像很有趣，你不覺得有點像連續劇嗎？像這樣為了保護自己的居所而進行連署活動。一想到原來現實中真的有這種事，就有了興趣。」

「這樣啊。」

「真抱歉，好像一窩蜂湊熱鬧似的。」

「不會啦，妳能這樣輕鬆幫我們連署，反而幫了我們的忙。要是說什麼『我是帶著蓋連帶保證人印章的覺悟』之類的話，也太沉重了。而且要是大家都這麼認為，就更難收集到連署了。」

「啊哈哈，說的也是呢。不過，要說我連署的最大理由，或許就是因為椎名同學認真的態度吧。嗯，應該是這樣。我站在拚命認真的那一邊。」

志穗自信滿滿。

「真不錯呢。站在拚命認真的那一邊啊。」

這句話大概也包含希望自己的努力會有所回報的願望，同時也帶著如果努力沒有獲得回報，會不知道該如何是好的不安。正因如此，志穗的話也引起了空太的共鳴。現在就很能理解——感到沉痛般理解了。

「希望大家都是這樣就好了。」

「欸～～神田同學。我也可以問你問題嗎！」

志穗很有朝氣地舉手。

「好啊，請說。」

大概會被問到有關櫻花莊的事吧。因為她剛剛說了覺得有點興趣。在如此輕鬆的心情下，志穗問了意想不到的問題。

「神田同學跟椎名同學正在交往嗎？」

「……」

「……」

剛剛志穗到底說了什麼？總之，空太只是不發一語地不斷眨眼。

「抱歉，我沒聽清楚。可以再說一遍嗎？」

「神田同學跟椎名同學正在交往嗎？」

看來似乎不是聽錯了。

「這是什麼問題啊！」

「因為你們總是在一起，在校園裡已經傳得沸沸揚揚了呢。」

「真的假的？」

「真的。」

「真的。」

突然間，真白插話進來。

「妳不要突然插話啦！害我心臟差點停了！」

「別客氣。」

「我剛剛有向妳道謝嗎？」

「兩位又這麼有默契。」

志穗看來很開心的樣子。

「妳哪隻眼睛從哪裡看到我們有默契了啊？我覺得深谷同學最好去看個眼科。」

「我眼睛可是很好的呢。裸視二．０。是說，到底怎麼樣啊？兩位正在交往嗎？」

「任憑想像。」

真白比空太快一步，說了意味深長的話。

「等一下，妳那是什麼回應啊！」

「如果任憑我想，可是已經發展到很激烈的程度了喔。」

志穗扭動著身體，說了奇怪的話。而且還說著：「好死相喔～～」

「不要擅自發展到那裡去！我跟椎名什麼也沒有。」

空太用力地否定，不知為何卻覺得有些悲哀。

「咦～～不是啊？謠言還真是不可靠呢～～」

「好了、好了，沒事的話就趕快回家吧。」

再繼續這個話題，對於心靈實在不太好。話說回來，到底是誰在散布奇怪的謠言啊……

空太不經意看了真白，發現真白也正看著自己。

莫名地開始在意，空太馬上別開視線。

志穗目不轉睛地觀察兩人的樣子。空太對真白出聲說話，彷彿想從中逃脫出去一樣。

「好、好了，椎名，要去進行連署活動了喔。」

「我知道了。」

4

離開美術教室的空太與真白，在樓梯間與準備回家的志穗道別後，現在正走在通往一般教室的走廊上。

途中，真白似乎察覺到了什麼停下腳步，從窗戶眺望外面的網球場。

「怎麼了？」

「是七海。」

空太也跟著往下看，立刻發現七海的身影。搖曳的長馬尾很醒目，而且所有人都穿著運動服，只有七海身著制服。

看起來似乎正在社團活動開始前去請學生們連署。在被社長號召來的近三十人社員面前，七海正比手畫腳拚了命說明。

「七海正在努力。」

「我們也要努力囉。」

連署完全不夠。

「喔，發現學弟！」

聽到這句話的同時，腳步聲逐漸逼近。不用看也知道對方是誰。在這廣大的宇宙中，會稱呼空太為「學弟」的，就只有美咲而已。

往這裡衝刺過來的美咲，一邊喊著「耶～～」一邊擅自對空太的額頭擊掌，發出「啪」的清脆聲響，跟吃了一記相撲選手的張手攻擊差不多。

不只美咲，她的身後還站著仁。另外還有前學生會長館林總一郎，以及女友皓皓，也就是姬宮沙織。

「喲。」

仁輕輕舉手致意。

「前學生會長跟姬宮學姊為什麼會來學校？」

原本今天三年級生就是自由到校。除了每星期一次的返校日外，如果沒什麼特別的事，是可以不用來學校的。而仁與美咲會出現在學校，是為了連署活動。

「我來跟老師討論畢業典禮致答詞的內容。」

「這麼說都是藉口，其實是為了跟皓皓來學校約會。」

總一郎回答完，仁立刻對空太竊竊私語。

「我聽到了喔，三鷹！」

「因為我是故意說給你聽的嘛。」

「看來似乎必須找個機會，跟你好好談談你那不正經的態度。」

「徹夜對談，然後一起喝個早晨咖啡？」

「才剛說完，你這傢伙實在是……」

先別管這兩個人了，反正這樣的關係也不知道看過多少遍，已經習慣了。

空太看向沙織的方向，她便說道：

「我來參加管弦樂團的練習。」

她胸前抱著小提琴的盒子。就水高的傳統，畢業典禮上畢業歌的伴奏是由音樂科一年級到三年級……總共約三十名成員的管弦樂團來演奏。

「小真白在看什麼？」

美咲擠到真白身旁，緊貼著窗戶。

「是七海。」

「我看看喔～～發現小七海了！我也去幫忙囉～～！」

美咲立刻跑了出去。她往稍前方的樓梯移動，很快便看不見人影了。

「真是個匆匆忙忙靜不下來的傢伙啊。」

總一郎露出苦笑。

「美咲也完全復活了呢。」

沙織看起來似乎很開心，不斷點頭稱是。

「也就是說，訂婚戒指發揮了極大的效果嗎？」

總一郎意有所指，視線投向仁身上。大概是想報剛才的仇吧。

「嗯？你是指什麼？」

仁在裝傻。

「別再做垂死掙扎了。昨天可是被上井草拿出來炫耀了老半天喔。」

「她對我也是喔。大概講了三個小時吧。」

「這樣啊，那可真是給你們添麻煩了呢。」

話雖如此，不否認「訂婚」的部分無所謂嗎？不過，倒也不完全錯就是了……

「這麼一來，你也多少會變成比較像樣的人吧。」

總一郎很滿足地點點頭。

「戒指啊……真好啊。」

身旁的沙織如此喃喃自語。

在場所有人瞬間都把視線朝向沙織。

「幹、幹嘛？」

對於突然集中的砲火，沙織感到困惑。看來剛剛那似乎完全是毫無自覺的發言。

「人家都這麼說了喔，前學生會長大人。」

露出壞心眼笑容的仁將手放在總一郎肩上。總一郎的臉已經完全漲紅。因為剛剛那一擊，情勢整個大逆轉。

「這也是她的願望吧。要不要送個戒指給她當禮物？」

「你、你為什麼會知道！」

沙織嚇了一大跳。

「剛剛學姊的心聲從嘴裡說出來了喔。說了『真好啊』。」

因為沙織實在是太可憐了，於是空太這麼告訴她。

「咦？真的嗎！」

沙織向現場最可信的人求證。那個人當然就是總一郎。總一郎依然紅著臉點了點頭。接著，沙織的臉頰也紅了起來。

「不、不是啦！真的不是啦！」

並開始拚命辯解。

「我、我完全沒有要催他的意思。」

「皓皓不希望總一郎送自己戒指嗎？」

仁立刻開始調侃。

「我、我都說不是了！真、真要說的話當然很想要，不過那只是……不對，我在說什麼啊！訂婚並不是那麼重要，我也不是那種沉重的女人，只是覺得……那個……反正不是就對了啦！」

「我了解啦。」

「真、真的嗎？」

「是女孩子的憧憬吧？沒想到皓皓真是個少女呢。」

沙織的外表確實很成熟，不過因為總一郎而被仁逗弄的樣子，完全就是少女可愛的感覺。

「既然知道了就不要再調侃我了！」

「這我就辦不到了。」

「為什麼？」

「因為慌張的皓皓實在是很可愛呢。」

「夠、夠了！我要去練習了。我要走了。」

沙織急急忙忙跑走了。總一郎瞪了仁一眼，也朝沙織追了上去。

仁叫住了他。

「啊，前學生會長。」

「幹嘛？」

皺著眉頭的總一郎回過頭來。

「那件事，就拜託你了。」

因為這句話，總一郎繃緊表情。

「我知道。」

ブーン
ブーン
ブーン
ブーン
咳！
賊笑

到底是在說什麼事呢？

「那件事是指什麼事啊？」

「嗯，畢業典禮時有點事。」

「喔。」

仁顯然在閃避，空太也只能曖昧地回應。

總一郎追上先離開的沙織後，兩人並肩走遠。他們熱烈地說著仁的壞話。

「真是很登對的兩個人呢～～」

仁目送沙織與總一郎，輕浮地這麼說著。真是壞心眼。

空太等人也不能繼續悠哉下去了。

「椎名，我們也差不多該去進行連署活動……」

空太出聲叫了真白，她卻仍然透過窗戶看著網球場。

「有看到什麼有趣的東西嗎？」

「美咲也出現了。」

「喔，我看看。」

仔細一看，網球場上有一隻熊。熊的布偶裝，不用確定也知道裡面是誰。絕對是美咲。是在哪裡換裝的呢？剛才明明還穿著制服……

美咲所穿的熊布偶裝，自由奔放地在網球場上奔跑。到處亂竄的網球社社員們以全部將近三十名的人數，正在進行壯烈的捉鬼遊戲。

被美咲追上的社員，不論男女都因為熊擒抱而沉沒在球場上。一個又一個，不斷增加犧牲者。

「嗚啊～～真是人間煉獄啊。」

為什麼明明是布偶裝，腳程卻那麼快呢？甚至還可以輕鬆追上運動社團成員。不愧是外星人。脆弱的人類，就只能束手無策地等著被狩獵，完全陷入恐慌狀態。

是不是該去阻止一下呢？

「仁學長，那個該怎麼辦？」

空太向來到旁邊的仁提問。

「就當做沒看到吧。」

「怎麼可以這樣啊！」

空太呼喊著，大概是心意傳達到天上了，有人壓制住熊。背後搖曳著大馬尾，是七海。

被捕獲的美咲被掐住脖子帶到網球場角落，並被迫跪坐著。雖聽不到聲音，不過看得出來被七海狠狠教訓了。

「這場鬧劇到底是怎麼回事？」

「就是鬧劇囉。」

真是乾脆的回答。

「話說回來，仁學長。」

「嗯？」

「你跟美咲學姊談過未來的事了嗎？」

畢業之後仁就要去大阪。在被告知櫻花莊要被拆除的那一天，因為這件事，仁應該已經跟美咲約定了未來要在一起。

「我是很想這麼做啦。不過美咲那個樣子啊……」

美咲趁著七海稍不留意的時候，情勢逆轉，變成七海被熊給撲倒了。稍微觀察了一下，兩人似乎正在進行什麼對話。結果，連七海都開始穿上布偶裝了。

「真是意想不到的發展呢。」

「既然青山同學會穿布偶裝，大概是美咲答應不再狩獵了吧。」

仁不感興趣地說著。

七海換裝完成。是老虎裝。

美咲立刻又開始展開狩獵。原本放下心的網球社社員，一溜煙拔腿就跑，就像是要逃離猛獸的羚羊群。

七海發著牢騷，拚命追上去。不過已經追不上了。因為變換裝備，機動力大幅下降。

「青山，脫掉不就好了嗎……」

「手大概搆不到背後的拉鍊吧。」

「啊，對喔。」

之前真白穿著貓布偶裝的時候，曾經拜託空太幫她拉下拉鍊。七海也企圖把手伸到背後，不過看起來只像是很可愛地在掙扎。

「空太。」

轉頭一看，真白一臉認真老實的神情。

「怎麼了？」

「七海怪怪的。」

「是啊，怪怪的。變成老虎了。」

「七海，好有精神。」

「咦？啊……」

空太在心中喃喃「原來是指這個」，接著用眼角餘光窺視仁。因為七海之前要他別說出來。

「你大概是被下了封口令吧，不過不用在意啦。」

「仁學長？」

「從昨晚開始青山同學就莫名開朗，而空太則是一臉像是肚子痛的表情，任誰都會知道。」

空太被取笑了。

既然都被知道了，那麼也不用顧慮仁了。

「現在青山在硬撐。」

「硬撐？」

「這兩年間……對青山而言，成為聲優就是一切。原本她離家遠從大阪而來，也是為了這個目的，打工賺取生活費也是……一切的一切，都是為了實現夢想。」

「嗯，七海很努力。」

「不過甄試落選後，她現在應該是很想哭才對。根本就不是進行連署活動的時候……」

「……」

「但是，因為櫻花莊要被拆除的事，仁學長與美咲學姊也快畢業了，青山不想讓你們擔心，所以才不哭的。」

還有就是知道要拆除櫻花莊的理由在真白身上，這一點也有關係。昨天七海也說了，不想讓真白覺得責任在自己身上。

「……」

真白沒有把目光從空太身上移開。

「昨天收到通知的時候，她要是能夠痛快地哭過就好了。我覺得那時候自己應該說錯話了。」

因為自己說的話，情緒開始騷動了起來。

「空太。」

「就算會被討厭也無所謂，應該要無視青山想逞強的心情，把她弄哭才對。」

「……」

事到如今才明白這一點已經太遲了……對自己的不耐煩卻只是不斷攀升。肚子深處炙熱的後悔，抑制不住湧了上來。

「我……把視線別開了。」

「……」

「因為資格審查會跟櫻花莊的事，已經是一個頭兩個大。」

原因在於真白身上這一點，也是壓力之一。

「腦袋已經瀕臨爆炸邊緣，所以明知道青山的『沒問題』不是真的沒問題，卻沒再緊咬不放，閉上了眼睛……一定是覺得自己已經快承受不了，所以下意識去算計，利用了青山的逞強……明明絕對不可以這麼做的！」

空太受到情感驅使，語調自然變強烈了。

「沒關係的。」

仁的聲音，輕快地說著這根本沒什麼。

「這樣怎麼可能沒關係？」

「要怎麼做是青山同學自己決定的吧？你只是尊重她的決定而已。」

「不是的。我只是為了我自己，對青山見死不救。」

事到如今才了解到這一點，已經太遲了。

「空太要是這麼受到罪惡感苛責，青山同學的逞強不就沒意義了嗎？」

「就算這樣，我也不應該讓她忍耐。因為根本不可能忍得了！」

「是啊。」

仁望著遠處的天空。

「這種事，青山同學自己最清楚不過吧。」

「咦？」

空太對於理所當然的事感到驚愕。

「這不是能忍耐的情緒，所以是逼著自己硬撐的。這種事青山同學當然知道，她自己最清楚不過了。本來就是這樣吧？畢竟她是當事人，痛苦的是她。但是，青山同學現在為了櫻花莊、為了畢業將近的我跟美咲而想表現得很開朗。沒有覺悟是做不來的。都到這個地步了，沒有什麼道理，好或不好、該怎麼做都毫無關係，唯獨只剩下想這麼做的心情而已。」

「說的……也是。」

無關得失，只是想這麼做。這也是空太對龍之介說的話。正因如此，仁所說的話才會沉痛地貫穿自己的身體。即使如此，空太還是想拯救七海。雖然知道自己很矛盾……這也是沒什麼道理。

「對於這樣強烈的心情，外人卻去說三道四，硬要改變它，這不也是某種扭曲嗎？」

「那你的意思是說，就算知道不行、就算知道青山會變得更痛苦，也應該要放著別管嗎！」

「沒錯。」

仁清楚地說了。

「怎麼可以這樣！」

「雖然這只是我的想像……我覺得青山同學在知道結果前就已經決定這麼做了。」

「決定這麼做？」

仁把手放在窗框上，視線眺望著下面的網球場。

「雖然不知道是理事會決定要拆除櫻花莊之後，還是顧慮到即將畢業的我跟美咲而一開始就打算這麼做，不過畢竟是累積了兩年努力的甄選會吧？落選後還立刻控制情緒硬撐，這種事空太你能辦到嗎？」

「……」

辦不到。怎麼可能辦到？這麼一說，確實如此。七海被告知結果的時候，空太還受到了比較大的衝擊。

「雖然不是絕對，不過我大概辦不到吧。一定想在當場拋下一切。」

「我也是啊。」

空太跟著說出口，便莫名地能夠理解仁說的話了。

雖然七海一句話也沒說出口，不過應該每天都在思考。思考著甄選的結果——如果通過的話，還有，如果沒通過的話……一開始，這些全都是七海個人的問題。但是在這個時期，卻出現了櫻花莊將被拆除的問題，而且原因在真白身上……認真的七海也把這些當成自己的問題，與空太一起煩惱。擔心櫻花莊……擔心真白……因為空太對這些感到開心，於是對七海心中因此犧牲的情感視若無睹。

只有現在……希望七海現在把自己放在最優先，只考慮自己的事情也好。真希望她能為自己想想。

「只要空太沒有逃避『說不定我做錯了』的心情，這樣就好了。」

「一點也不好。」

「還有就是，如果真的不行了，就給予青山同學支持。」

「……」

空太不覺得這樣對七海會是救贖。

「確實，雖然這樣也許是在繞遠路，但過一段時間，總有一天會覺得這樣並沒有做錯。」

「仁學長。」

「繞遠路也是不錯的喔，可以看盡人生百態。」

仁這麼說著笑了。

「況且，讓青山同學硬撐，不是只有你要背負的問題。我跟美咲也都有責任。」

「不是那樣的！」

「你想說畢業是無可奈何的嗎？不過，拆除櫻花莊對我來說也是一樣。所以，在還沒有結果之前就竭盡全力吧。要是連櫻花莊都沒了，就真的幫不了青山同學了。」

仁說完看著空太，又輕輕笑了。那是完全不同於先前有些壓抑的笑容。啊，說的也是。仁也是煩惱許久之後，才會說出剛才那些話吧。

還有好多想說的話，無法接受的事也還很多。不過，仁所說的是正確的。要是櫻花莊沒了，一切就真的都崩毀了。

現在只能進行連署活動，不到最後不放棄。為了守護與大家一同度過的那個地方，大家為了大家而努力。空太為了回應這樣的心情，除了努力別無他法。

「那麼，我先走囉。」

「好的。」

仁三步併兩步下樓。大概是為了回收美咲，到網球場去了吧。今天原本預定他們兩人要負責去向在體育館進行社團活動的排球社與籃球社收集連署。

「是我害的。」

「椎名？」

「七海那麼有精神，都是我害的。」

「不是那樣的。」

「因為我的存在，所以櫻花莊才會不見吧？」

真白以清透的眼眸凝視著空太。

空太認為即使否認也沒意義。真白不是在談這種問題。

「青山並不希望妳跟她道歉。」

「我要跟七海道歉。」

「那麼，我該怎麼做？」

「我到底該怎麼做才好？」

真白的眼眸動搖。

因不安而動搖。

「告訴我，空太。」

空氣中飄盪著來自真白的悲傷難過，空太緊咬下唇強忍著。

「這裡好痛……」

真白緩緩握住放在胸口的手。

「從昨天開始，這裡就好痛。」

真白說著蹲在走廊上。

「椎名。」

「還以為到了早上就不會痛了。」

空太的胸口也被緊緊揪住。

「沒有好轉。」

心裡的痛楚沉重地壓了上來。

「我也一樣。」

「空太？」

飄渺虛幻的眼眸仰望空太。

「胸口好難過、好痛苦……痛得受不了。我想青山應該也一樣。」

「我想做點什麼。」

「說的也是。」

如果獻上這身軀問題就能解決，空太會很樂意地奉獻出去。

「總覺得一定要做點什麼。」

「……」

只是，不管再怎麼祈禱，也不會有這種奇蹟般的解決方法。這裡是現實的世界。

「為了櫻花莊，為了七海。我到底該怎麼做？」

能做的事只有一件。不過，在那之前……

「妳要先站起來吧。」

空太彎腰向前傾，抓住真白的雙手。準備用力把她拉起來時，兩人的額頭對撞。

「額頭也好痛。」

「對不起啦！我也很痛！不過就算很痛，現在還是只能收集連署。」

「嗯。」

就如同仁所說的，要是連署沒有成功，就無法救贖七海的心，也無法拯救真白的心。

完全只剩下一條路。

「只能去收集了。」

這句話空太彷彿是在說給自己聽。

5

時間不夠。一天很快就結束了。

就連應該覺得無聊的課程，也感覺過很快。

今天是新的一星期第三天，三月二日星期三。離畢業典禮只剩下不到一星期了。

這天午休，空太、真白、七海、美咲與仁五人，集合在家政課會使用的烹飪教室。圍著桌子的五人面前有卡式爐與清燉鍋，咕嚕咕嚕地滾著，冒出好像很美味的熱氣。

五人正在吃中餐。

為了讓較早來上學的學生也聽得到，連署活動從晨練的時間便開始準備，因此沒有餘力每天早上準備便當。

對此召開櫻花莊會議的結果是——

「餓著肚子就沒辦法作戰啦，所以來決定『負責準備便當』的人吧。」

「我覺得可以讓美咲負責。現在是自由到校，而且也沒有課了。」

「好的！就讓我跟仁來負責！」

就這樣乾脆地決定由仁與美咲負責。

於是從決議的隔天起，「準備便當」的工作開始啟動。第一天，早上的連署活動結束後，自由到校的兩人回到櫻花莊，特別做了便當之後再拿來學校。然而這麼做過一次以後就知道效率太差，於是第二天開始便改在烹飪教室集合。結果就是這樣。

咖哩、義大利麵、漢堡肉，昨天則是拜託蕎麥麵店外送。

「美咲學姊，為什麼每個人都有蕎麥涼麵跟清湯蕎麥麵啊？」

「因為我今天是想把蕎麥涼麵當配菜來吃清湯蕎麥麵的心情喔～～！」

「我打從出生至今，從來就沒有過有這種心情的日子！而且以後應該也不會有！」

「啊，莫非學弟是想把清湯蕎麥麵當配菜來吃蕎麥涼麵啊！真是內行呢！」

「完全搞不懂妳內行的基準在哪！」

「神田同學，在這之前，應該先吐槽在學校叫麵店外送這件事吧？」

「明天來叫個披薩吧。」

針對七海確切的指摘還能輕浮回應的仁，一個人吸著可樂餅咖哩蕎麥麵。

「空太。」

「幹嘛？」

「蕎麥麵很好吃。」

「那可真是太好了啊！」

然而，今天不是比薩，似乎是想吃火鍋的心情。

就連當時還提出指摘的七海，現在也已經放棄了，以無所謂的表情用湯杓盛著火鍋料。大概是找到目標了，看起來好像有點開心。

不過，這樣的喜悅維持不久，坐在隔壁的美咲伸長了筷子，從七海的碗裡搶走扇貝。

「啊，上井草學姊！」

事到如今才慌張已經來不及了。美咲一口吃掉搶來的扇貝。

「千萬別大意喔，青山。我想妳應該知道，櫻花莊火鍋的安全地帶，就只有嘴裡。最好把放在碗盤上視為還在鍋子裡。」

「……我知道。」

大概是覺得很不甘心，七海凝視著鍋子。是在找扇貝吧？但是，找不到。因為剛才美咲就濫捕了一堆扇貝並吃下肚，所以極有可能已經完全絕種。

這時，有雙筷子從隔壁伸過來，在七海的碗裡放了扇貝。

令人驚訝的是，這個人竟是真白。

「真白？」

「給妳。」

「啊，嗯，謝謝……咦！不用啦！」

七海這時才總算掌握了眼前發生的事，準備把扇貝還回去。不過，或許是覺得用筷子夾回去不太好，所以七海緊抿著嘴唇感到猶豫。

美咲則是一副很想要的樣子注視著。

「青山，美咲學姊在旁邊虎視眈眈喔。」

「快吃。」

在真白的催促下，七海說了聲「那我吃囉」，把扇貝往嘴裡送，絲毫沒有放鬆對美咲的警戒。

「好吃嗎？」

真白一直凝視著七海。

「嗯，很好吃。」

「還想吃什麼？」

「咦？」

「七海，還想吃什麼？」

被如此詢問的七海看向美咲。美咲正張開大口吃著鱈魚，看起來很幸福的樣子。

「鱈魚吧。」

「空太，幫我拿。」

「為什麼是我啊！」

「還有粉條吧。」

「空太，追加粉條。」

「是，是。」

空太沒辦法，拿起湯杓在鍋子裡撈。究竟還有沒有鱈魚呢？美咲吃了很多鱈魚，是很受歡迎的火鍋料。空太從剛才開始就一直勾到白菜或金針菇，粉條則是大豐收。往鍋底一撈，傳來抓到巨大獵物的手感。

「喔，竟然還有。」

從鍋子裡撈起來的湯杓，裡頭還有鱈魚片。

「給妳。」

空太把鱈魚片跟粉條一起放到七海的碗裡。

「謝謝你。」

七海還是警戒著美咲，準備開始吃。大概是感覺到視線，七海閉上已經張開的嘴，把鱈魚放回碗裡。

因為真白正目不轉睛地看著七海。

「被這樣盯著看，實在是吃不下去。」

「空太，不要看。」

「青山是在說椎名啦！」

「我也是在說神田同學啦。」

「所以我不是說了嗎？」

總覺得真白一副得意洋洋的樣子。

七海趁這時候吃掉了鱈魚，也把粉條咕嚕嚕地吸進嘴裡。

「七海，好吃嗎？」

「嗯，粉條很好吃。」

「為什麼是那個好吃啊！」

「火鍋一定要有粉條呢。當然，鱈魚也很好吃。」

七海細細咀嚼著這份小幸福。

接著，真白大概是鬆了口氣，嘴角微微浮現笑容。

這星期以來，空太不知看了多少次真白這樣的表情。全都是跟七海有關。真白會主動跟七海說話，雖然幾乎都太唐突，讓七海感到困惑……像昨天也是，休息時間突然出現在教室裡說著：

「給妳。」

給七海年輪蛋糕之後，又回到自己的教室。

被留下來的空太與七海歪頭感到不解。

「這是怎樣？」

「誰知道？」

只是，空太心裡有數。真白擔心七海，因為七海太有精神、太過開朗了。真白也覺得這樣太奇怪。她今天一定也深深認為那是自己害的。

空太才正這麼想的時候，坐在隔壁的真白突然站起身。

「喔，什麼事啊？」

「去廁所。」

「這樣啊，快去吧（註：「快去吧」與「廁所」日文音近，是常見的冷笑話）。」

空太不小心說出的話，在周圍吹起了暴風雪。七海用冷漠的眼神看著他，那是會讓人上癮的刺激性視線。

空太為了矇混帶過，對著走出教室的真白背影說道：

「別迷路了喔。」

因為烹飪教室的周圍都是平常上課幾乎不會去的區域，所以讓人擔心。

回過頭的真白像野生動物般，只從門口露出臉來。

「你說什麼？」

「妳好歹也要有點自覺吧？」

「沒問題的。」

「我平常就在懷疑，妳的自信到底是從哪來的？可不可以也告訴我！」

「要是迷路了，我會大聲呼叫空太。」

「別那麼做！在校園裡會傳出奇怪的流言！」

畢竟前天才被美術科的深谷志穗問，自己是不是正在跟真白交往。

「真白是不是怪怪的？」

「也難怪她會變得怪怪的。因為櫻花莊正處於即將被拆除的狀況，而且她又知道原因出在自己身上。」

再加上這種時候七海受到很深的傷害……所以，真白想用自己的方式為七海打氣，這也是理所當然。

雖然看起來不像完全接受的樣子，不過七海也沒再提起真白的事。

火鍋料吃得差不多了，仁準備做收尾的雜炊稀飯。空太茫然看著，這時手機響了。

收到一封簡訊。

確認內容，上頭寫著……

——空太不見了。

「不出我所料，果然還是迷路了嘛！」

在滾了的稀飯加上雞蛋。空太即使捨不得香味，還是來到走廊上。

立刻就發現真白了。

她正站在隔壁第二間的教室前。

「椎名。」

空太一出聲叫她，她便注意到了空太，緩緩走近。似乎有什麼不滿地微微鼓著臉頰。

「不要擅自移動。」

「我才沒有！」

空太把真白帶回烹飪教室，稀飯已經煮得剛剛好了。仁把所有人的份量盛到碗裡，再分給每個人。

仁一邊吃一邊看著某樣東西。

那是連署用的筆記本。

他輕咬下唇，正在思考事情。

「這實在不妙喔。」

「我覺得很好吃（註：「不妙」與「難吃」日文音同）。」

「沒有人在說稀飯啦。」

「我在說稀飯。」

「我想也是。」

「如果這個星期無法增加到五十個，要在星期四五六跟下星期一達到這個人數會很困難。得想個辦法。」

「說的也是。」

人數順利成長是在上週末。到了這個星期，原本有興趣的人都已經連署了，要增加人數便陷入苦戰。

休息時間結束前，眾人都在進行作戰會議，不過沒有好的想法出現。

「我會在放學前想想看的。」

空太如此說道。總之先散會了。

6

第五堂與第六堂課，空太一直在思考可以增加連署人數的點子。但是到各教室去拜訪、穿布偶裝表演、到社團去一個個做說明，能做的都做了。在這樣的現況下，想擠出劃時代的新手法，實在是相當困難。

結果，空太依舊沒有計畫便來到了放學時間。

班會結束後，真白主動來到教室。

「空太，今天也要努力。」

空太與如此宣言的真白拜訪一年級每間教室。雖然一開始表現出好奇跟興趣，不過一看到空太等人的臉就立刻走出教室的學生還是很多，一副「我知道你們要做什麼，不必聽了」的態度。

空太的言語沒有能夠留住他們的力量。強烈的無力感，好幾次都要因挫敗而感到灰心了。

「請協助我們連署。」

但每次看到繼續這麼說著的真白，空太就會重建信心。

真白始終保持真摯的態度，空太也從她的身影感受到毛骨悚然的氣息。她的表情或聲音與平常幾乎沒兩樣。進行連署活動的真白，反而比平常更顯飄渺虛幻，簡直就像玻璃製品或冰雕……

「現在櫻花莊正處於要被拆除的危機。請把各位的力量借給我們，拜託大家。」

「拜託大家。」

真白緊接在空太之後行禮致意。

說明結束之後，有兩位女學生協助連署。正覺得有些面熟，才想起是曾經向空太說過關於文化祭時櫻花莊成員所製作的「銀河貓喵波隆」感想的女學生。

兩人說了「請加油」之後便走出教室。似乎是要去參加社團活動。

結束之後，有一位男同學走過來。

「願意提供我們協助嗎？」

空太對似乎不知如何開口的男同學主動問道。

「啊、不，那個……所謂的連署，是在這邊也要寫嗎？」

「這邊？」

他在說什麼？

「我已經在放在電腦教室裡的筆記本上署名了。」

「電腦教室？」

還是完全聽不懂。

大概是看到空太皺起眉頭，一年級生有些不安地縮了起來。

這時，七海從走廊跑了過來。

「啊，你在這邊！神田同學，你聽我說！」

七海一副慌慌張張的樣子，額頭還微微冒著汗珠。

「發生什麼事了嗎？」

「我聽排球社一年級的學生說，電腦教室裡放了一本連署專用的筆記本。」

空太與真白對看了一下。

「我們現在也聽說了這件事。」

空太再度面向剛剛過來攀談的一年級生。因為視線突然集中在自己身上，他的臉變僵了。

「你剛剛說的，是怎麼一回事？」

「沒有啦，就是、那個……電腦教室裡不是有本連署的筆記本嗎？我是看網站才知道的。」

「網站？」

空太與七海的疑問又增加了一個。真白也歪著頭不解。

「在校園網站上有學長你們在進行連署活動的網頁，我是看了寫在上面的資訊。校園網站的首頁，貼了網頁連結喔。」

空太、真白與七海都不記得做過這件事。

「先去確認吧。」

真白與七海點點頭。

「謝謝你了。」

「啊，不、不客氣。」

空太等人說完，便急著前往電腦教室。

經過視聽教室前面，再往前走就是計算機及資訊網路教室——在學生之間被稱為電腦教室。

空太等人打開門，迎面而來的是整齊排列的四十台電腦。

最前面的座位上有熟悉的臉孔。

是仁與美咲。

「咦？為什麼兩位會在這裡？」

「看來你們也聽說電腦教室筆記本的事了吧。」

一看到空太的樣子，仁便如此說道。

空太默默點頭。說明這樣就足夠了。

「那麼，筆記本呢？」

七海東張西望的在教室裡尋找。

「在這裡。」

筆記本在仁的手上。

「接著。」

仁隨意丟給空太。空太確實接手後立刻翻閱頁面。

真白與七海也從旁邊探頭看著。

「啊？」

首先是空太發出驚愕的聲音。

「不會吧？」

接著，七海驚訝地用手摀著嘴。

「好多名字。」

真白如此喃喃說道。

沒錯，正是如此。

筆記本前半部的頁面寫得密密麻麻。

這數量到底有多驚人，至今一直在進行連署活動的空太等人最清楚不過了。

刻劃在筆記本上的名字數量，幾乎與這十天以來空太等人所收集到的差不多。

「還有這個喔，學弟！」

在電腦前擺好架勢的美咲向空太招招手。

電腦螢幕上顯示網頁，以稍大的文字配上照片，介紹櫻花莊所處的狀況。上面還有拍攝宿舍內部的照片，說明雖然確實是很古老的建築，但還不到要立刻拆除的程度。

現在的住宿生有兩位三年級生，以及四位二年級生。上面也寫到，希望再一年……在二年級生明年畢業之前，櫻花莊能繼續留著。

最後以請求協助連署做為收尾。

能做這種事的人只有一個。是現在不在這裡的另一位櫻花莊住宿生……

「是赤坂做的嗎？」

錯不了。

「不過，為什麼能收集到這麼多連署？」

再次確認筆記本的七海還是無法置信。

仁對此回答：

「可以想像會抗拒在別人面前連署的學生，應該還滿多的吧。對於老實的學生來說，應該光是跟我們扯上關係，都覺得很醒目而不願意吧？」

如果是在不容易被看到的電腦教室，就可以低調地連署了。

「真是有赤坂作風的手法啊。」

「學弟，DRAGON人呢？」

「那傢伙今天在班會時間結束後，還在使用筆電進行作業，現在搞不好還在教室。」

恐怕是工作還沒告一個段落吧。

聽到空太這麼說，美咲率先衝了出去。不用問也知道她要去哪裡。空太也正想這麼做，說不定所有人都是如此。

「我們也一起去吧。」

仁的呼聲像是信號一般，空太、真白與七海也陸續追隨美咲出去。

擦身而過的學生莫不投以好奇的視線，也有許多學生慌慌張張地讓路。

五個人跑著穿過夕陽西下的走廊。

「不可以在走廊上跑啦。」

這麼說的七海也沒有停下跑動的腳步。空太轉過頭一看，迎接他的是很開心似的表情。能理解她的心情，就是忍不住想笑，臉上的肌肉都變笨了。

率先猛衝的美咲從二年級的教室反向跑回來。

「DRAGON 不在！」

「那麼，應該在入口那邊！」

依據仁的指示，所有人一起改變路線。衝下樓梯，急著前往一樓。

從鞋櫃與鞋櫃間的空隙，確認筆直綿延到校門口的道路。

找到了。

一眼就認出來。

以男孩子來說較顯纖瘦的身軀，隨意披散在背後的長髮。最重要的是，那個大搖大擺的存在感正是龍之介。

「DRAGON ——！」

美咲穿著室內鞋就飛奔出去。

被呼喚的龍之介，有些驚訝地肩膀抖了一下。

回過頭來的那個表情，完全充滿害怕。

這也難怪了。因為空太、美咲、仁、真白以及七海五個人，也正以自己為目標猛衝過來。

美咲已經完全是要飛撲過去的氣勢。在千鈞一髮之際，要不是仁抓住了她的脖子，她絕對會向龍之介俯衝而去，讓他昏倒吧。

反倒是因為衝過去的氣勢太猛，空太抱住了龍之介。

「嗚啊！神田，你在幹什麼！」

難得聽到他慌張的聲音，之前只有在麗塔戰役時看過這種態度。

「電腦教室的筆記本啦！謝謝你啦！真的很謝謝你！話說回來，你幹嘛不講啊！」

空太抑制不住興奮，猛拍龍之介的肩膀。

龍之介不好意思似的把臉轉開。

「工程師都是默默工作的。」

「就算是這樣……」

「話、話說，你也差不多該放開了吧。不要敲我的肩膀，會痛。」

「喔、喔，抱歉。」

空太把手從龍之介肩上移開。

「不過，你這是什麼樣的心情轉折？」

如此提問的人是七海。

「程式設計師的工作，就是把不可能的物量作業效率化並使其實現。」

「這根本就不算回答。」

「就當作是這麼回事吧。」

仁出面緩頰。

這麼一來，就收集到超過三百個連署。距離三分之一還差一點，不可能搞不好會變成可能，還有希望。這是會讓人這麼認為的成果。

況且現在的心情與連署的數量無關。讓空太胸口感到熾熱的，並不是數量這種東西。龍之介為了大家而行動，才是最讓人開心的。

這樣櫻花莊就全員到齊了。

空太、真白、七海、美咲、仁與龍之介六個人。

一定會有辦法的。

對這些成員來說，沒有不可能的事。

無限活力湧了上來。自己不是一個人，還有大家。櫻花莊的成員都在，這份可靠的心情轉變成勇氣。

「好～～不可以輸給 DRAGON，我也要來收集囉～～！」

幹勁十足的美咲回校舍，仁小跑步追上去。不知道現在的美咲又會做出什麼事。七海也像是想起了自己的使命般，轉身走向校舍出口。

「神田。」

「嗯？」

空太聽到呼喚便轉過頭去。

「我到現在仍然不覺得這是個聰明的選擇。」

平常總是泰然自若的龍之介已不復見。只見他覺得尷尬似的把臉轉開，措詞也像是想過之後才說出口的。

「我想也是。赤坂就是要像這樣。」

「不過，撇開道理不談，我認為櫻花莊不要消失比較好。」

「這樣啊。」

「那個……所謂的夥伴，倒也不壞。」

「就說吧？」

空太打哈哈地開玩笑，龍之介終於恢復平常的表情，看起來有些不高興又充滿自信。

「那麼，剩下的也要努力去收集囉。」

空太吆喝著。

不過，不論是身旁的真白或前面的龍之介，都只是輕輕點頭而已。
「我說你們，這時候要說『喔～～！』啦！」
意外撲了個空。
接著，在完全錯過時機的這時候……
「喔～～」
真白站著不動，淡然地這麼回應。

三月二日星期三
這天櫻花莊的會議紀錄這樣寫著。
──實質上還能進行連署活動的時間剩下四天。無論如何一定要成功喔。書記・三鷹仁
──櫻花莊是永遠不滅的喔～～追加・上井草美咲
──一定要收集到！追加・青山七海
──要收集。追加・椎名真白
──只有努力一途了！追加・神田空太
──既然要做就要得到勝利。追加・赤坂龍之介
──各位請加油，尤其是龍之介大人，我會支持您的！追加・女僕

第三章
下雨並不是任何人的錯

1

隔天，星期四一早，龍之介也跟大家會合，一起進行連署活動。

在入口大聲疾呼；到各年級教室拜訪；在運動場奔走；到體育館打擾；也深入社辦。能跑的地方全都去，拜託大家幫忙連署。

櫻花莊合為一體了。

無論睡著或醒著，不管在櫻花莊或學校……最近一次六個人行動，已經是文化祭時的事了。

三餐也都是六個人一起吃。

早餐是在上學途中吃仁為大家做的三明治；中午則占領烹飪教室，一邊研討增加連署的點子一邊搶奪配菜補充營養；晚餐則是在櫻花莊的飯廳，依然是一邊排定明天的作戰方式一邊用餐。

「神田同學，這個金眼鯛是怎麼回事？」

「回家途中經過商店街，認識的魚販大叔給我的。他要我『吃了這個再好好加油喔』。」

「學弟，這個可樂餅是？」

「這是肉販大嬸給我的。她還說了『別輸喔』。」

「空太，這個頂級是？好多喔。」

「不要用這種簡稱！當然是橋本烘焙坊的叔叔烤給我的。」

像這些商店街人們的好意，實在讓人覺得感謝。知道櫻花莊所處的狀況而給予鼓勵，這些人們存在的事實，對孤軍奮鬥的空太等人而言是莫大的支持。

即使是放學後連署活動不太順利的日子，光是經過紅磚商店街的人們對自己說的一句話，就不禁讓人覺得還是有人站在自己這邊而有了信心。

沒錯，自己不是一個人。

有支持自己、為自己加油的人們。

有陪伴至今的夥伴。

雖然隨著日期一天天逼近，心情上逐漸受到壓迫，但是致力於連署活動的日子，確實存在集訓般的快樂。

像是閃耀著光芒的日子。

不知道這樣的時間有沒有意義，所耗費的勞力也不一定會獲得回報。

即使如此，大家還是像這樣黏在一起努力。雖然沒有人提起，不過大家應該早就知道，那是因為能像這樣一起度過的日子，已經沒剩下多少了。

就算撇開櫻花莊要被拆除的事，仁與美咲三月八日就要畢業了。

包含櫻花莊的事情在內，明年說不定大家就要分散了。

所以，想在剩下的日子裡盡全力衝刺。

三月三日星期四，一整天都在跑校園，收集到的連署只有十名。隔天星期五也努力到太陽西下，但也只增加了十名左右。至於星期六，因為時間有限，所以只收集到個位數。

花費兩個星期所收集到的連署人數，大約稍微超過三分之一。距離全校學生三分之二的目標還是無止境遙遠。

「真的很遙遠啊。」

三月六日，星期日的夜裡，空太躺在房裡如此喃喃自語。木板紋理的天花板俯視著空太。

這麼一來，連署活動剩下的時間只剩下畢業典禮的前一天，也就是三月七日星期一了。

今天是星期日，什麼也沒辦法做。即便可以做活動，空太還要準備「資格審查會」的功課，與和希進行了最後的討論。所以不管怎麼說，這天什麼事也沒能做。

好不容易才到達完成企畫書這一步。雖然因為預算的關係成了縮減版本，不過就節奏動作戰鬥遊戲而言，應該沒有動搖到趣味性的根本。

剩下的，就只有等待結果了。

「我……有把它做好嗎？」

空太自認為有。能做的都做了，那麼為什麼嘴裡還會吐出喪氣話呢？

心靜不下來，無法整頓思緒，無法整理心情。已經不想思考了，想稍微休息一下。但是，腦袋不但沒有停下來，還一直在思考。思考著櫻花莊、真白、七海、資格審查會的事，亂成一團。但明天就是最後了，即使流淚或大叫也改變不了現實。這時刻正一秒一秒逐漸逼近過來。

空太心想今天八成也睡不著吧。不過不稍微休息一下，身體會撐不下去。為了明天能夠全力應戰，不睡不行。

七隻貓聚集在床鋪角落睡得很舒服。

「你們還真是好命啊。」

就在空太如此自言自語的時候，響起了敲門聲……

「空太。」

過了一會兒，傳來聲音。是真白的聲音。

「我還沒睡。」

空太挺起身子，坐在床緣。

門開了，穿著睡衣的真白就站在那邊。

「怎麼了？」

「……睡不著。」

「這樣啊。」

手背在後面關上門的真白，無聲無息地走進房裡，在空太的身旁靜靜地坐了下來。肩膀微微碰觸到，有某人的體溫就在身邊，會讓人感到安心。

「跟我一樣呢。」

「一樣？」

「我也睡不著。」

「嗯……最近老是這樣。不知道該怎麼入睡了。」

「妳數過羊了嗎？」

「我沒在跟你談羊的事情。」

「不是啦，睡不著的時候，聽說數著一隻羊、兩隻羊就會睡著。不過我是太認真數羊，反而更睡不著的那一種人就是了。」

「空太。」

「我不接受抱怨喔。」

「羊是一頭、兩頭。」

「嗯？咦？聽妳這麼一說，好像是這樣呢。乾脆上網查查看哪個才是正確的。」

反正也睡不著。空太這麼想著，正要起身的時候，背後有個柔軟的東西碰撞過來。真白的雙手環腰抱著空太。

「喔。」

空太慌張地在腳上使力站穩。

「喂、喂，椎名？」

「搞不清楚。」

真白不清晰的聲音，融在夜晚的寂靜裡。

「搞不清楚？」

「只是想這麼做而已。」

「……這樣啊。」

即使被真白抱住，不可思議地動搖程度並沒有超過剛開始的驚訝。大概是因為真白環抱在自己腰上的手，彷彿正害怕著什麼而微微顫抖。自己知道真白感到恐懼的是明天的到來。

明天是最後一天了。要是沒辦法收集到全校三分之二以上的學生連署，櫻花莊就沒有未來。

然而，要收集到這麼多並不容易，這一點空太等人最清楚不過。

「空太。」

碰觸到背部的真白聲音傳到骨子裡，在空太的腦中迴響。

「什麼事？」

「我喜歡櫻花莊。」

「我也是啊。大家都是。不管是仁學長、美咲學姊、青山，還有赤坂，甚至是千尋老師也是。」

「嗯，所以要守護住。」

「是啊。」

「絕對要守護住。」

「嗯。」

「我會守護櫻花莊的。」

這時的空太，還不了解真白是抱持著多大的決心說出這句話的。

「大家一起守護。」

所以，空太只是輕輕點頭如此回應。

「是啊。這樣最好了。」

總覺得真白的聲音聽來有些開心。

「大家一起最好了。」

沒過多久，真白便睡著了。空太讓真白睡在床上，自己躺在硬梆梆的地板上，再度試圖入睡。

然後，空太前往夢境的世界，最後一天很輕易便來臨了。

2

三月七日。

畢業典禮前一天，因為豪雨的聲音而醒來。

這個季節罕見的厚重雲層，籠罩著整個天空。空太等人上學後，雨勢仍然絲毫沒有減弱的跡象，空氣中帶著沉重的溼氣。

第三堂課是現代國文。

站在黑板前的老師白山小春，以毫無幹勁又慢吞吞的聲音，不知道正在講些什麼。似乎是在說明畢業典禮後的期末考試範圍。

空太帶著跟小春同樣沒幹勁的表情，小春說的話左耳進右耳出。

現在既不是上課的時候，考試也根本不重要。

明天是畢業典禮。也就是說，今天是實際上可以收集連署的最後期限了。

不夠，完全不夠。時間還有連署的數量都不夠……今天早上，空太、真白、七海、仁、美咲還有龍之介六人抱著最後的希望，在入口大聲疾呼。

「為了讓櫻花莊留下來，請協助連署！」

不知重複多少次的台詞。

已經參與連署的學生喊著「加油啊」、「加油喔」或「不要放棄」，鼓勵六人。

不過很無情的，也有大半的學生只是從眼前走過而已。今天已經是最後一天了……直到最後，不感興趣這個大敵還是阻擋在空太等人的面前。

已經窮途末路了。實在不覺得還會有什麼起死回生的辦法。

但是，為什麼呢？

為什麼內心卻如此平靜呢？漠然對授課充耳不聞的空太心中，連絲毫的焦躁也沒有。那樣的時期很早以前就已經過了。

因為空太心裡很清楚。上週末嗎……說不定是更之前就知道了。空太已經無意識想像了這個未來，早就已經面對連署不成功的這個現實了。如果突然吃了厚實的一記，心就會完全粉碎……所以事先做了心理準備。

真是討厭的防衛本能啊。

不過，倒也不會因為這樣就陷入放棄的心情，放學後還打算做最後的連署活動。

並不是相信要貫徹始終才有意義，也不是在等待奇蹟，只是覺得理所當然應該要去做。很矛盾，不過這麼做並沒有錯——空太擁有能這麼說的自信。

明白這點之後，內心不可思議地放晴了，空氣也變得清澄。

——這樣果然是已經放棄了嗎？

空太對著下雨的天空如此問道。

這時，一個大顆雨滴掉落的啪噠聲刺激了耳膜。

不是外頭的雨聲。

更近。就在身邊……

空太受到聲音吸引，身體自然動作，被看不見的力量引導，看了隔壁座位的七海。

七海挺直背脊端坐著，筆直看著前方。看來正在傾聽小春說話，直到空太察覺她那滑落臉頰的一行淚……

「……！」

空太發出無聲的驚愕。看到七海側臉的瞬間，一股貫穿神經的衝擊從腦門衝向背脊。

仔細一看，七海的眼裡空無一物。

雙眸眼角不斷有淚水滑落，彷彿積在容器裡的水達到極限而滿溢出來。

臉頰上的兩條河流，在下巴形成大顆的水滴，又滴落在筆記本上。

字都暈開而變得無法辨識。

小春大概是覺得奇怪，不再說話。接著，在寂靜之中，只迴盪著七海落下的雨聲，傳到氣氛鬆散的教室各角落。

班上同學的疑問也傳染到整間教室，出現了窸窸窣窣的私語聲。

「什麼？七海，怎麼了？不要緊吧？」

與七海要好的高崎繭探出嬌小的身軀，窺探她的樣子。

「不知道，好像在哭。」

常跟七海、繭三個人在一起的本庄彌生回應感到擔心的繭。彌生也很關心地看著七海。

班上其他同學也開始冒出「怎麼回事？」「怎麼了？」的聲音。空太不想聽到那樣竊竊私語的聲音，出聲呼喚了七海。

「青山。」

不過，七海並沒有聽到。

只是不斷落下淚珠。

「怎、怎麼了嗎？青山同學。」

因為小春的聲音而回過神的七海，眼神終於對焦了。

「妳沒事吧？」

小春看著她的臉。

「我……」

七海發出啜泣般的聲音。

似乎還沒察覺自己正在哭泣。

疑惑的視線朝向七海。空太為了阻止這種情況，故意讓椅子發出聲音站起來。

接著，在老師還沒問話之前就先開口：

「老師，青山好像身體不太舒服，我帶她去保健室。」

「啊，嗯，拜託你了。」

有些吃驚的小春反射性這麼回答。

「走吧，青山。」

空太抓住七海的手臂，半強迫讓她站起來，接著便不發一語地走出教室。

到保健室之前，空太完全沒開口說話。因為已經知道原因，現在再提也無濟於事。總有一天會到達極限——空太至今不知想過多少遍了。

一樓的保健室裡沒看到老師的身影。大概是去廁所或因為其他什麼事而離開座位吧。

空太默默地讓七海坐在床上。

雖然眼淚已經止住，但雙眸還是淚汪汪的。水庫再次潰堤也只是時間的問題。

空太還在煩惱該說什麼的時候，七海便開口說道：

「我不要緊了，神田同學回教室去吧。」

「可是……」

「我真的已經沒事了，只是一時大意而已。」

七海用面紙拭去淚水，吸著鼻子，完全不看空太。

「那就表示妳一直在忍耐吧。」

七海的側臉看來沒有悲嘆、沒有後悔、沒有不甘心，也沒有憤怒。只有淚水的痕跡，還有悲痛。

對於甄試落選、無法隸屬事務所一事……深不見底的悲痛。

「到明天為止。」

她發出下定決心的聲音。明天是畢業典禮。

「至少在歡送上井草學姊與三鷹學長之前，我不想露出陰鬱的表情。」

七海這麼說著並笑了。

「拜託你……現在讓我一個人獨處。」

「……」

可以放她一個人嗎？七海看起來好弱小，無論是肩膀、背影、手還有腳……然後，就連最自豪的聲音也很微弱……

「神田同學要是在旁邊，我會沒辦法放鬆。」

被這麼說的空太緊閉著嘴。

「……我知道了。有什麼事要叫我喔。一定要叫我喔。」

「嗯，我只要冷靜下來就會馬上回教室的。」

「好。那麼，我在教室等妳。」

「嗯。」

七海輕輕揮手目送空太離開保健室。

空太走出保健室，在回教室的途中，正在上樓梯時手機響了。

不經意把手機從口袋裡拿出來確認，對方是和希。

記得資格審查會是上午十時開始。這個時間就算結果已經出來了也不意外。然而，會特地打電話過來的事就只有一件。

不過，空太心中並沒有動搖。不，說不定只是因為七海的事使得內心變得破爛不堪，所以就算看到手機螢幕顯示「藤澤和希」，飽和狀態的心已經沒有任何感覺了。

空太接起手機。

「您好，我是神田。」

『辛苦了。我是藤澤。』

「辛苦您了。」

『現在方便講電話嗎？』

「沒問題，因為是休息時間。」

雖然其實並不是，不過這種事已經無所謂了。

『資格審查會已經結束了。』

所謂結束，表示結果也已經出爐，聽說當場就會被審判。和希的聲音跟平常一樣，聽不出來是「DEAD」或「ALIVE」。

『非常遺憾，這次沒有通過。』

沒有任何開場白，和希直接切入結論。

「這樣啊……」

本以為沒有任何感覺了，身體卻抽動了一下。胸口正中央有股像是被釘入什麼的痛楚。原本應該是透明的身體，被滴入墨汁般濁黑的情緒逐漸侵蝕每個角落，有種錯覺彷彿從手指尖到腳尖，連一根根的頭髮都被完全抹黑了。

『神田同學。』

和希的聲音感覺很遙遠。不，遠離的應該是空太的意識吧。

「是。」

空太回應之後，和希深深吐了口氣，大概是在煩惱該不該說出來。

『其實，在資格審查會上提出的企畫當中，還有另一個音樂遊戲。』

「……」

空太驚訝得說不出話來。

『雖然細節不方便透露，不過它是使用了以歌曲為題材的動畫，以及網路上成為話題的VOCALOID（註：YAMAHA開發的電子歌聲合成軟體）樂曲。』

光是聽和希這麼說，就覺得那會是個受歡迎的企畫。

『雖然就遊戲的內容而言，是沿襲以往音樂遊戲的簡單東西，不過這次是那個企畫通過資格審查會。』

也就是說……

「不需要兩個音樂遊戲的意思嗎？」

『是的。落選的最大原因就在這裡。』

「這實在是……實在是……」

根本就是無可奈何的事。

『決定的關鍵在於估算銷售量的差異。對方因為已經有動畫或VOCALOID的認知度，所以就算控制宣傳成本，最低也會有十萬……看了現在的市場動向，判斷銷售量也有可能超過一倍以上。相對於神田同學的「RHYTHM BATTLER」，遊戲的存在需要從頭開始被認識，完全處於不利的立場。』

「這樣啊……」

『因為資格審查會也會對計畫編列預算，所以除了遊戲的新奇度與有趣度，也常常考量到利益問題。』

在跟和希討論的時候，就常常聽他這麼說。即使如此，自己還是懷抱著「只要有趣應該就能通過」的一線希望。和希也是這麼想的。

『不過，關於這次我真的覺得很抱歉。如果我能事先規劃好討論的日程，更早排入資格審查會，應該就能避開這種關鍵在於與其他主題類型重複的最壞情況了。』

「不，我很感謝藤澤先生。週末明明休假還特地為我撥空出來……多虧您的協助，我才能把企畫做得更完善，讓我學到了很多東西。」

空太的話不帶任何感情。不過，這都是真心話。

『不用講這麼通情達理的話啦。在自己力量不及的地方就決定了自己的未來。不管自己多麼努力，還是有些改變不了的東西。真是很沒道理吧。所以你不用那麼輕易就接受了。』

空太聽著和希說的話，思考著有關櫻花莊的事，還有七海的事。

拚命進行的連署活動也沒開花結果，七海的努力沒獲得回報。世上真是充滿了許多不講理。

『不過，社會就是充斥著這種沒道理的事。』

真的是這樣嗎？空太轉動不太靈光的腦袋想著。不然也太奇怪了，為什麼這時期的自己身邊，盡是些沒道理的事……實在是太不可思議了。不過，既然是充斥在世界上，那也沒辦法。如果到處都是這樣的事也只能接受，不然就沒辦法繼續下去。

『改天再正式跟你說資格審查會的事。』

「好的。」

空太好不容易擠出聲音。

『有什麼你現在就想問的問題嗎？』

空太想快點掛掉電話，所以原本打算說沒有問題。不過，在和希催促下，空太如此問道：

「請告訴我關於這次的企畫，藤澤先生的評價如何？」

和希毫不猶豫地回答了：

『就開發者來看，我很想製作試玩版。』

接著又以開朗的口氣說：

『就玩家而言的話，會想試玩看看。根據手感的不同，這個企畫有可能變成很有趣的遊戲，如果平衡調整稍微出了差錯，也可能變成粗糙乏味的大爛作。』

真是率直的意見，讓人很感激。這時對方要是說些莫名其妙的鼓勵或安慰，就叫人受不了。

「真的非常感謝您，感覺心情比較舒服了。」

『那麼，我會再跟你連絡。』

和希說完掛了電話。

這時空太也已到達極限，被眼前一陣昏眩感襲擊，右肩靠在牆上，就這樣滑落到地上。感覺虛脫，沒有力氣繼續站著。

空太屈膝半跪坐著，身體彎成く字型。抬不起臉來，沒辦法朝向前方，彷彿全身被地面拉扯。

手機也還開著，就這樣丟在地上。

「……這……真的很痛苦。」

異常乾渴的聲音，就像不是自己的某人正在說話，感覺很噁心。

「不會是真的吧……」

不過卻沒辦法不說話，要是保持沉默，情緒就會堆積在身體裡，就要在胃部爆裂開來。

空太看了自己的手，還顫抖個不停，雙腳也直打顫。

「這是什麼跟什麼啊……」

事到如今身體才感覺到震驚，因為落選的衝擊而止不住顫抖。

沒有不甘心或難過。

只是，受到打擊。

胸口好難過，喉嚨哽住，無法順暢呼吸。不管怎麼吸氣還是很痛苦。

更彎下身體的空太，額頭磨擦到地板磁磚，又硬又痛，冰冰涼涼，卻一點也不舒服。

「啊——可惡……」

像烏龜一樣縮著身體，只是忍耐著等無形的痛楚趕快過去。

投企畫書而落選的時候跟現在根本就沒得比。付出的時間與勞力，還有膨脹的期待，都把空太推向萬劫不復的境地。從高的地方掉落下來，當然會比較痛。

「還有別的音樂遊戲，那是什麼跟什麼啊……」

這是沒有料想到的落選理由。

「這樣的話根本就無可奈何啊！」

要是被冷言說是自己所想的企畫太無聊，反而還好一點。空太已經做好心理準備，把失敗視為自己的問題去接受並且面對。

以往總是這麼克服疼痛，因為這是在空太內心已經解決的問題。

要是企畫書在書面審查就被踢掉，也就能夠接受那是自己的點子太無趣，然後重新思考。如果是報告的反應不佳，也能反省是自己說明的方法不好，下次再嘗試其他做法。

不過，這次不同。

有其他跟空太無關的明確理由。

某人所做的企畫，妨礙了空太。

「這種情況叫我怎麼辦啊……」

這要叫自己反省什麼？要重新檢討什麼？只有無法接受的情緒不斷沸騰。

「這還真是難以忍受啊……」

真的，要是不說些什麼，就會覺得自己快瘋了，不吐出來就要爆發開來。

「……」

這樣下去不妙。空太決定想點別的事，首先掠過腦海的，是表現得很堅強的七海的笑容。

七海即使甄試落選了也沒發過一句牢騷，在空太面前也沒露出難過的表情，獨自一人承受著身體像擰抹布般扭曲的痛苦與不快。真的可以這樣放著她不管嗎？

「……」

快想。空太不斷告訴自己趕快想，卻沒出現答案。用這已經不管用的腦袋來想又有什麼用？

「不行……完全搞不懂。」

空太抓住丟在地上的手機，操作之後送出簡訊。

——你覺得青山要不要緊？

收件人是龍之介。

沒有立刻獲得回覆。這麼說來，回信的人不是女僕，而是龍之介本人。

過了三十秒後，手機震動了。

——神田你是白癡嗎？不要緊的人怎麼可能哭成那樣？

真是毫不客氣。

「哈哈。」

空太看了之後，忍不住笑了。

就如同龍之介所說的。

真是個蠢問題。

不用想也知道，就是這樣，連現在的腦漿都能明白的理所當然的事。

腳還在發抖，手也還不太能順利動作。身心雖然都還在吱嘎作響，不過空太發出從地底深處爬上來般的呻吟，咬牙站起身來。

吸了吸鼻子。雖然沒有流淚，不過身體卻充滿哭過後的虛脫感。

可以的話，真想就這樣趴在地上，真想就這樣睡著。在情緒的風暴過去前，都不想再爬起來。

不過，腳還是朝保健室折回一步，一步步走下樓梯。要是趴在地上，恐怕會再也站不起來。

「青山！」

一打開保健室的門，空太就如此叫喊。

剛才不在座位上的保健室老師蓮田小夜子露出驚訝的表情。

「怎麼了？神田同學。」

大概是眼鏡給人認真的印象，深穿白衣的小夜子，看起來就像物理或化學老師。記得她應該跟千尋及小春同年，留著黑直長髮。

空太毫不在意地往床前移動。

不過，七海卻不在。

就算掀開其他床鋪的簾子，也沒看到七海的身影。

「老師，青山呢？」

「青山同學？有在這裡嗎？」

不可能回教室了。要是沒繞路回教室，應該會在途中遇到空太。那麼，會是去哪裡了呢……

空太不尋求答案，隨即衝出保健室。

「啊，神田同學！」

對於老師呼喚的聲音也沒回頭。

在走廊上奔跑。

走廊前方、樓梯、窗外，也探頭看了一下空教室。

沒有。

不在校舍裡。

那麼，是在外面嗎？現在依然下著滂沱大雨，景色白濁看不清。

「……」

說不定只是去廁所了。

說不定已經回保健室去了。

保險起見，準備折回保健室的空太視野角落出現了人影。在走廊的窗外，連接校舍裡側的道路，筆直前進的話，就會到大學的校園裡。就在園藝社花圃的方向。

雖然只看到一瞬間，不過那就夠了。因為空太不可能看錯七海的註冊商標長馬尾。

空太打開走廊的窗戶，沒打算回去拿傘，也沒先換鞋子，想以最短距離到七海身邊——空太心裡只有這個想法。

腳往地上一蹬，跨過窗框。依然穿著室內鞋，就直接踩在外面的砂石地上。

雨不斷拍打著全身，襪子溼答答的不快感立刻襲來。褲子黏在肌膚上感覺很不舒服，上衣也是。不過，淋溼到無藥可救的地步時，反而覺得很爽快。現在的空太想要折磨自己。

他立刻開始奔跑。

七海就在園藝社的花圃那邊。

花圃最裡側提早綻放的櫻花樹下。每年二月上旬到三月初會開花，今年已經到了凋落的時候。雨不斷打落櫻花，七海抬頭看著花，兩手無力垂放著，引以為傲的馬尾被雨淋濕而沒了生氣。

空太緩緩走近。

在雨中傳來七海的嗚咽聲。

這時，空太才察覺到她並不是在看櫻花，而是還在強忍著往下看就會奪眶而出的淚水，企圖用雨水掩蓋過去。

「青山。」

空太從背後叫她。

「已經夠了。」

「……」

「已經夠了！」

雨聲相當激烈。所以，空太幾乎是用喊的。

「……」

「我很高興，青山為了櫻花莊、為了椎名、為了美咲學姊跟仁學長而這麼努力。還有妳這麼珍視櫻花莊，我真的覺得很高興！」

空太不知道這是不是現在該說的話，只是把首先浮現的想法，毫不修飾地說出來。他並不覺得這樣能夠救贖七海。即使如此，還是不得不做些什麼。不對，應該是想去做些什麼。

「不過啊，不需要犧牲自己到這種程度！」

用力吐出的聲音，在喉嚨深處岔開來。這也都被雨聲掩蓋過去。

「……不是的。」

「青山？」

「才不是那樣！」

「……！」

看到轉過頭來的七海的表情，空太瞬間屏息。情緒已死，空洞的眼神，像是看著空太又好像沒看到。空太背脊竄過一陣冰冷的緊張。

果然不應該讓她忍耐的。空太無可奈何地對此感到後悔。

「人家不是那樣的人。」

接著七海的表情亂七八糟地扭曲起來，看不出是在哭還是在笑。

「不要把人家說得像是好人一樣……」

「為什麼啊？」

「人家只是把很多事拿來當藉口而已……」

「藉口？」

「說什麼『因為櫻花莊的危機』、『不能不考慮真白的心情』、『不能在上井草學姊跟三鷹學長面前哭泣』……這些全都是藉口。」

「哪裡是藉口了？」

「因為人家好害怕……一想到兩年的時間全白費了，就覺得好害怕……」

空太決定不再搭腔。就算七海說話亂七八糟的也無所謂，只覺得應該要讓她把想說的話全部吐露出來。

「所以說了櫻花莊、真白、學長姊……這種像樣的藉口，人家只是想避免自己受傷害……」

「……青山。」

「人家只是為了假裝沒有受到傷害，為了蒙蔽自己的心，所以利用了很多事而已！」

「……」

「這種事，不要說你很高興！這樣根本連溫柔都稱不上！」

「……」

「什麼都不是……」

七海喃喃自語著低下頭。

空太只是覺得很懊惱。懊惱受到傷害的七海就在眼前，而自己卻什麼也做不到。懊惱讓七海受到這麼深的創傷，現在也還因為自己說的話，讓七海自己傷害自己……總之，空太只覺得懊惱。

「每一件事都是吧。」

「……」

「這當然每件事都是啊！」

七海如果不是溫柔，那又是什麼？

「我是被青山拯救了。多虧青山，我這兩個星期才能努力。」

「……」

「要是沒有青山在，連署活動就沒辦法持續到現在。」

連署情況完全不如人意，感覺很挫折，說不定早就已經放棄了。隱藏甄試落選的打擊而繼續努力的七海，給了空太勇氣。既然七海都辦得到，自己更要如此，振作起膽怯恐懼的心。

「多虧了青山！」

即使如此，七海還是像個任性的小孩搖搖頭，繼續否認。

「所以，已經沒關係了，青山！」

「怎麼可能沒關係！」

「已經無所謂了！」

「怎麼可能無所謂！」

「夠了吧。」

真的已經夠了。夠了。

「不要再去想不必要的事了！」

「……太差勁了。」

七海還是繼續搖著頭。

「不要再找理由了！」

「……人家實在是太差勁了！」

「夠了，已經夠了！老實面對甄試的結果吧。不要再逃避了！」

「……！」

抬起臉的七海，張大眼睛看著空太，彷彿在看著什麼難以置信的東西，嘴唇微微顫抖著。接著，眼睛與嘴角開始皺了起來。

「沒問題，青山一定能克服的。」

相信她一直都在忍耐。其實在收到通知的那一天，如果能夠哭出來就好了。但卻做不到，沒能讓她做到。現在回想起來，還是覺得後悔不已。空太要是不咬緊牙根，反而要哭出來了，鼻子深處一陣酸楚。

「青山所想的事情，全都告訴我吧。」

「神田同學……」

「真的很感謝妳這麼努力。」

「人家……」

「真的很謝謝妳。」

「人家有努力了嗎……」

「有啊，比任何人都要努力……是這世界上最努力的。青山真的很努力了！」

因為這一句話，七海的臉頰被淚水淋濕。莫可奈何的情感，只是不斷滿溢出來。

「嗚哇啊啊啊啊啊啊啊！」

緊抓住空太胸口的七海，一口氣從喉嚨深處吐出累積已久的情緒。

「人家這兩年，到底算什麼！」

膨脹得巨大、應付不來的情感，成為濁流傾巢而出。

「這樣一點意義也沒有！」

「……」

慟哭撕裂著胸膛。

「沒有意義……」

如果能說出「沒那回事」就好了。如果能相信這句話就好了。但是，現在的空太說不出口。

空太也因為資格審查會，內心有同樣的情緒。

只能自己問自己。

——得不到回報的努力，有意義嗎？

可以的話，希望誰來告訴自己。空太現在想立刻救贖七海的心靈。

「人家一直在忍耐。」

「……」

話裡的一字一句，只讓人覺得悲慘。

「就算藺跟彌生約唱卡拉ＯＫ或逛街……人家也因為還要打工，為了將來不要對自己跑去玩或鬆懈而感到後悔！所以一路忍耐過來！」

「我知道。」

「還省吃儉用……」

「我知道。我全都知道。」

「人家也很想去玩啊。可是卻……！」

「是啊，就是說啊。」

「人家已經奉獻了兩年的一切了……」

「是啊。」

「可是，這樣一點意義也沒有！」

「……」

感覺快要窒息了。七海的話緊緊揪著心臟。

「這樣根本沒有意義！」

「……」

「沒通過甄試的話，就什麼也不是了！」

「……青山。」

「告訴人家。」

「……」

「告訴人家啊，神田同學！」

「……」

「人家的這兩年到底算什麼？」

抬起臉的七海，筆直看著空太。滿臉因為雨水、淚水與鼻水而變得髒兮兮。

只剩下悲傷與絕望。

「告訴人家啊……」

七海嘶啞的聲音如此重複著，用拳頭捶打空太的胸膛，不帶力氣，跟輕撫沒有兩樣。既然要打，還不如盡全力揍過來，這樣還比較像是救贖。

「為什麼不行呢！人家明明就那麼努力！」

「青山。」

「為什麼不是人家呢……人家就不行嗎……」

「……」

不想再讓她說任何話，她已經受到很深的傷害，不能再讓她繼續傷害自己了。

沒有其他辦法，空太擁著七海的頭靠近自己肩膀，緊緊抱住讓她沒辦法再說話……

接著，七海再度放聲大哭。

雨依然沒有停歇。

不知道被雨打了多久，遙遠意識總覺得學校好像響了兩次鈴聲，說不定只是自己想太多了。

七海稍微平復之後，空太便前往保健室。全身濕透可是會感冒的。

空太牽著七海的手回到校舍的時候，七海很順從的沒有抵抗，依照空太的指示緩緩跟上。

保健室老師蓮田小夜子一看到空太與七海，雖然很驚訝發生了什麼事，不過沒有多問，立刻為兩人準備毛巾與替換的衣服。體操服與運動服，也有內衣褲。不過襪子就沒有了。

把像是斷了線的人偶的七海帶到床鋪旁邊，拉上簾子。

「青山，妳能換衣服吧？」

「……嗯。」

空太就在旁邊的屏風後方換衣服。

擦拭頭髮，脫掉溼答答的制服。吸滿水的襯衫緊黏著肌膚，實在很難脫下。褲子也無法順利脫掉，坐在地上手忙腳亂，好不容易才脫下來。花了平常三倍以上的時間，空太才換了運動服。

不久，從七海正在換衣服的簾子另一端傳來聲音。不過因為太小聲了，以致於沒能聽清楚。

「妳說什麼？」

空太如此詢問卻沒得到回應。

「青山？」

空太再度出聲問道。

「沒事。」

沒有精神的聲音如此回應。有點叫人擔心。

「真的嗎？真的沒事嗎？」

「……」

「青山？」

「我只是說連內褲都濕答答了……」

空太糾纏不休地問著，七海便有些鬧彆扭。

「那聽起來真是情色啊。」

大概是因為放心了，空太便開起玩笑來。

「大笨蛋，變態。」

空太忍不住笑了。七海的聲音也稍微變比較開朗了。

換好衣服的空太從屏風後走出來，小夜子為兩人準備了兩杯裝在馬克杯的熱可可。

「也拿給青山同學吧。」

「好的。」

空太拿了兩個馬克杯，走近簾子。七海也差不多該換好了。

「青山，好了嗎？」

「嗯，我弄好了。」

七海如此回應的同時，簾子往右邊打開了。

「哪裡弄好了啊……」

長髮依然濕淋淋的。

空太把馬克杯放在旁邊桌上，用毛巾蓋在七海頭上。

「等一下，神田同學。」

「多說無益。」

空太讓她坐在床邊，粗魯地幫她擦拭頭髮。

「我自己來就好了。」

「妳根本就沒擦乾吧……這樣就好了。」

被解放的七海，目光銳利地瞪著空太。雙眸還是濕潤的，充血而變得紅通通。大概是因為空太一直盯著看，七海把臉別開，慌張地整理亂七八糟的頭髮。

「因為哭太久，臉都扁了，不要一直盯著人家看。」

「臉都扁了？」

「就是很醜的意思。」

七海用兩手遮住變紅的鼻頭。

「不會啊，完全沒那回事喔。反而很可愛呢。」

「咦？」

「啊、不，抱歉！不是啦！」

「原來不是啊。」

「不，也不是不是啦……就是那樣的意思。」

「……」

「……」

空太為了填滿沉默，向七海遞出熱可可。七海雙手拿著馬克杯，慢慢開始啜飲，小聲地喃喃說著好喝。

這時，保健室的門打開了。

走進來的人是千尋。

「是我叫她過來的。」

小夜子搶先回答空太的疑問。

千尋一臉無趣的表情，仔細確認了空太與七海之後，打從心底覺得受不了似的嘆了口氣。

「讓別人這麼擔心……還有閒工夫在這裡調情的話，看來是沒問題了。」

「什麼！」

空太正想提出抗議，千尋便快步走了過來，接著毫無預警地把手放在空太與七海的額頭上。

因為這樣，抱怨的話在喉嚨深處又縮了回去。千尋的手好溫暖。

「青山有點發燒呢。神田，體溫計拿過來。」

空太把桌上的體溫計遞給千尋。

「拿給我幹嘛啊？」

體溫計經由千尋送到七海手上。

平常一定會說自己沒發燒的七海，今天也乖乖聽話，把舊式體溫計從衣領滑入，夾在腋下。

安靜地等了五分鐘。

如同千尋所說，七海有點發燒。三十七點三度的輕微發燒。

「來，這個是藥。吃完之後就趕快睡覺吧。」

「我知道了。」

七海這次也老實地收下千尋遞過來的水跟藥。把藥錠放進嘴裡，喝水服用。不過，七海沒有要馬上躺下來的樣子，向上看著站在床邊的空太。

「嗯？我？」

「大概是想要神田陪她睡吧。」

「不、不是啦。」

「喔，這樣嗎？那妳要他做什麼，就自己說吧。」

千尋這麼說完，便立刻離開保健室。

「……」

「……」

被留下來的空太與七海之間剩下沉默。小夜子正在寫類似日誌的東西，沒有特別注意這邊。

「那個，神田同學……」

「什麼事？」

「在人家睡著之前，你可以留在人家身邊嗎？」

「在妳醒來之前我都會陪在妳身邊喔。」

「到人家睡著就可以了。」

「我知道了。」

「不要看人家的睡臉喔。」

「不看的話，我怎麼知道妳是不是睡著了。」

「說的也是。這是個問題。」

七海輕輕笑了笑，終於躺到床上。接著，像是這時才想要找藉口般，用東京腔說道：

「因為要是不說點什麼，就會想東想西的。」

空太在隔壁的床上坐下，只是聽著七海說話，偶爾會搭腔，七海徵求他的意見時，就會想到什麼便回答什麼。

她不斷重複同樣的話，重複有關這兩年的事……然後，又不斷濕潤了雙眸，掉下眼淚，接著同樣停止哭泣了幾次。

不知道持續了多久。

外面還在下著大雨。

七海的話越來越少，空太便躺在床上。已經冷靜平復了不少。這樣看來，說不定七海也會累到能夠睡著了吧。

空太一這麼想，便自然地說出口：

「我也是。」

「什麼？」

「剛才……聽到資格審查會的結果了。」

「咦？」

「我也沒有通過。」

「……」

七海為之語塞。就算看著天花板，從空氣中也感覺得出來。

「抱歉……我淨想著自己的事。」

空太沒有回應她，繼續說道：

「雖然沒通過，不過我覺得還好我有去做。」

「……」

「當然，我並不打算說我能了解青山這兩年所累積的東西。我不了解，因為不是自己。」

「……嗯。」

「不過，也有一路走來了解到的事。雖然資格審查會沒通過……不過以我的情況來說，總覺得終於變快樂了。」

「……快樂？」

「雖說要製作遊戲，不過一開始就連要做什麼也不清楚，也沒有掌握自己所處的情況，只是依照所想的前進而已，不過我發現這樣是不行的……寫企畫書的方式，還有想法的呈現與報告的做法也是。試著做看看，試著持續看看，雖然是一點一滴，不過原本前方看不到的東西，都逐漸看得到了。」

「……嗯。」

「雖然還只是很粗淺的入門而已，不過自己好像能夠理解製作某些東西的樂趣了。」

在安靜的保健室裡，空太的聲音聽得很清楚。

「覺得好像會很有趣而開始著手的東西，果然就會變得很有趣。就是這樣的感覺。」

「我很能理解你所說的。」

「持續練習到國中的足球，說起來好像也是這種感覺。剛開始只是用力把球踢出去，後來能踢到想踢的地方，慢慢可以傳球、射門。我覺得這些樂趣，都要一個個持續試看看才能夠體會。從不會到會的樂趣，邂逅以前未知的樂趣。依情況不同，也許還會有知道困難度的樂趣。」

「……」

「這些情況，青山也都遇過吧？」

空太對於配音不太清楚，不過他有自信這種感覺在任何事物上都是共通的。

「我覺得還好沒通過資格審查會……不，這是騙人的。其實根本一點也不好。當然一點也不好。內心實在很難過，一個不注意我都要哭了。不是開玩笑的……當然也會覺得再也不想有這種心情，也還需要勇氣繼續努力，現在已經變膽小了……不過，因為這樣，我才發現到了。」

「發現什麼？」

「雖然漢字一樣，不過開心與輕鬆（註：日文漢字均為「樂」）是不一樣的。」

「……」

「就算技術很差也還是可以享受足球的樂趣。不過，有些樂趣需要技術高明一些才能體驗。這些都要先經過嚴格的練習，沒有捷徑，練習多少才能進步多少。沒有什麼密技能讓能力飆高到突然被選上日本代表、出席世界盃而活躍於全世界。」

「但是，我沒有辦法馬上繼續努力……」

含淚的聲音聽來讓人心痛。

「那麼，妳休息就好了。只要停下來休息就可以了。」

「……」

「青山一直以來都很努力，所以我覺得這樣剛剛好。」

「神田同學……」

「等妳恢復精神之後，再來思考今後的事吧。」

「……」

「現在要是想太多，全部都會變負面吧？或者該說，什麼都不要想。要開始想東想西的時候，就找我聊吧。聊什麼都可以，我都會聽的。」

「嗯……」

「妳現在只要休息就好了。妳至今都是一路奔跑過來，稍微暫停一下也絕對沒有問題。」

「嗯。」

「青山沒有問題的。」

「嗯……嗯……」

逐漸增加溼度的聲音，已經幾乎快聽不清楚了。

「想做的時候再做就好了。」

「嗯……」

在這之後，七海也不斷重複著「嗯」。就算她不認同空太說的話，大概也沒力氣反駁「不是」了吧。沒聽到聲音之後，七海終於睡著了。

聽到安穩的呼吸聲。

感到放心的空太也緩緩閉上眼睛。稍微休息一下，再回去教室吧。回去上課，恢復成平常的自己。放學後再傾注全力在最後的連署活動上。

空太如此下定決心，意識也前往夢境的世界去了。

3

醒來的瞬間，空太覺得不妙。

原本打算休息一下，沒想到卻完全睡著了。

周圍一片昏暗。大概是顧慮到空太與七海，保健室有一半的燈是關著的。而且，窗外都黑了。雨停了，微微看得到晴朗的天空，卻沒有太陽。

空太看看牆上的鐘。

已經過了六點半。

「不會吧……」

絕望的心情湧上來。

今天是連署活動的最後期限。而這個時間，社團活動的人也都離開了。

空太慌張地從床上跳起來，走出簾子。

「哎呀，你醒啦。」

迎面傳來的是小夜子悠哉的聲音。

「我已經用大學那邊的烘衣機幫你們把制服烘乾了。」

椅子上披著空太與七海的制服。兩人的書包也在上面。

「啊，那個嗎？是三鷹同學拿過來的。」

「為什麼不叫醒我啊！」

這段話是對不在場的仁說的。

「是他拜託我讓你們繼續睡的。聽說你們最近都沒怎麼睡，可不能仗著自己年輕就亂來。」

正確來說，應該是最近都睡不著。

「現在當然要亂來啊！」

不管什麼樣亂七八糟的事都得做。空太早就這麼決定了，現在正處於這種狀況。

大概因為空太的聲音，七海醒了過來，從床上探出頭來。臉色看起來已經好很多了。話雖如此，還沒完全恢復，有些茫然的樣子。

「不會吧……已經這麼晚了？」

七海看看時鐘，臉色變得慘白。

「我去看看。」

想要跟著走出去的七海，被小夜子攔了下來。

空太穿著借來的運動服，衝到走廊。

「大家上哪去了……」

這個時間的話，很有可能是在校門口。

快不聽使喚的腳拚命奔跑。

途中與一位老師擦肩而過，雖然被警告不准在走廊上奔跑，但空太不予理會。現在要是不跑就會死掉——心境上就是這樣。

空太穿著保健室的拖鞋，往外直奔。

在校門前發現了四個人影。空太猜中了，美咲、仁、龍之介……還有真白都在。四個人穿著透明的塑膠雨衣，因為不久前還在下雨。

「喔，學弟！」

發現空太的美咲跑了過來。

「你聽我說喔，學弟！光是今天一天，就收集到了五十三個人喔！」

美咲滿臉的笑容。不過，更讓人難過。

還不夠。一天內收集到五十三人雖然是新紀錄，但卻完全不夠。即使加上今天的數量，總共也才約四百人連署。

「算了，能做的都做了。雖然離全校學生三分之二還有一點點距離。」

不是一點點。

仁的好意反而更叫人覺得疼痛，胸口一陣彷彿被挖剜的痛楚。

「我……！」

聲音都變調了。

「我沒有盡力去做能做的事！什麼也沒能做到！」

明明已經是最後了，卻什麼也辦不到，只是悠閒地睡大頭覺。

「神田，別鬧彆扭了。你跟綁馬尾的這兩個星期已經做得很好了。不過，就因為你們硬撐，導致今天的身體狀況沒辦法參與連署活動。」

空太有這樣的自覺。

一聽到櫻花莊即將被拆除，幾乎沒辦法入睡。即使很睏也睡不著，沒辦法停止思考，不知道如何入睡，平均一天大概只睡了兩個小時左右。

得知七海甄試落選後就更加嚴重了，上星期的後面幾天，每天早上醒來甚至有強烈想嘔吐的感覺，雖然並沒有吐出什麼東西來。

「要是在這種情況下還亂來而倒下去，反而會造成我們的麻煩。就算我們收集到了三分之二以上的連署，學校方面也會把連署活動的方式視為問題吧。最糟的情況，有可能至今為止的努力全都沒有用。」

所以才讓空太與七海休息。龍之介說的都很正確，因為太過正確，所以讓人火大。空太對於在這麼重要的日子卻沒能自我管理的自己，感到很火大。

「況且，雖然對空太很不好意思，但總不能只讓青山同學一個人休息啊。對現在的她而言，是需要共犯的吧？」

「……！」

被這麼一說，就沒辦法反駁了。確實如此，要是只讓她一個人休息，責任感很強的七海一定會感到很懊悔。

空太緊咬牙根，嚥下了自己的窩囊。

「青山同學還在保健室嗎？」

「是的。」

「那麼，我們一起去接小七海吧！」

美咲活力十足地跑了出去。仁與龍之介則默默地跟在後面。

不過，另一個人卻沒有動作。

在校門前動也不動。

只是拿著連署用的筆記本站著。

「椎名。」

空太對著她的背影出聲叫喚。

「空太。」

「……」

「還要多少？」

「……」

「還需要收集多少人？」

「很多很多……」

算起來還差了將近三百人。

「是嗎？那麼，就得收集很多連署。」

真白沒有要離開校門口的意思。

「椎名……已經結束了。」

「你騙人。」

「……」

真白的眼眸蘊含著第一次看到的敵意。

「空太騙人。」

「我沒有騙妳。」

「可是……」

「……我沒有騙妳！」

空太也想，如果這是謊言該有多好。但是，已經不行了。

「還沒收集到！」

真白罕見地大聲說道。

「櫻花莊會消失……」

「……」

「沒收集到。」

什麼也說不出口。可以的話，空太也想繼續連署活動，不想放棄，直到集滿為止。不過，沒有辦法。已經將近七點，沒有學生還留在校內。然後，明天就是畢業典禮。即使想做也沒辦法做，無法只靠情感來解決。空太等人面對的，正是這樣的問題。

即使無法如願，結束的時間還是會來臨。不，是已經來了。

「請協助連署活動。」

在空無一人的校門口，真白的情感悲傷地凋零。

三月七日

這一天的櫻花莊會議紀錄，沒有記載任何東西。

第四章
畢業典禮

1

睜開眼睛，眼前是個輕輕擺動的可愛小屁股。

「……青葉，今天是你啊。」

企圖用手撥開，卻被細長美麗的尾巴拍打臉頰，而且還是左右來回。看來暹羅貓青葉心情不太好的樣子。

「真過分啊你……」

空太輕撫自己的臉頰起身。

打了個呵欠。

時鐘的指針指著七點半。

瑟縮在空太周圍的貓咪們一起發出叫聲，要求要吃飯。空太充耳不聞，彷彿要把壓迫全身的倦怠感吐出般，深深嘆了口氣。

「唉……天亮了啊。」

不希望到來的早晨還是來臨了。要是昨天能永遠持續下去就好了。不對，昨天也發生了許多令人快喘不過氣來的事，那也是地獄……硬要說的話，還是兩者都不要。

三月八日。畢業典禮的日子。

再過一個半小時，全校學生就要集合到體育館裡，在嚴肅的氣氛中舉行畢業典禮。空太也會在其中，仁與美咲也是。還有真白、七海、龍之介跟千尋。

「……」

即使想像了也絲毫沒有現實感。今天真的是畢業典禮嗎？完全沒有這種特別的情緒。昨天結束，於是今天到來，只是日期變了一天而已。

明明是這樣，但心情卻與昨天明顯不同。

曾經那樣緊緊束縛身體的焦躁感，不可思議地已經不知去向。就連感覺身體快要撕裂開來的後悔、連署活動最後一天什麼也辦不到的罪惡感，也都完全消失無蹤。

空太不經意把右手放在胸前，只剩下好像開了個洞似的極度空虛感。

自己很明白，在更本質的部分已經理解事實。理解櫻花莊即將消失的事實，還有昨天的後悔根本就沒有意義……

在這種情況下，空太也不會幼稚到說這是夢境而否定現實。痛苦的心情，至今已經嚐過許多遍，對於不如人意的現實，也不知道面臨過多少次了。正因為不想承認，所以才是現實。這世界就是這麼回事。

所以，空太已經很清楚了。

也因此，內心才會感覺如此空洞。

與放棄有些不同，有種奇妙的理解感。空太還不知道要如何形容這種感覺。

他撫摸著跳到腿上來的白貓小光的頭，若無其事地環視房內。

視線來到床單上。原本純白的床單上大大寫著「常勝」兩個字。那已經是秋天的事了。為了歡送麗塔而做了一片布幕，是美咲寫的，也是NG的作品。

「根本不是常勝，而是屢戰屢敗吧。」

沒能收集到全校三分之二的學生連署，無法撤回拆除櫻花莊的決議。再加上就空太個人來說，也沒能通過資格審查會。就連打從心底希望七海能合格的甄選結果也是……

沒有任何一項是如人意的。

空太咬著下唇抬起頭來，看到房間的壁紙。大大的畫作填滿整面牆。那是美咲與真白合作的「銀河貓喵波隆」設定圖。因為要清掉也嫌麻煩，結果，秋天以後就一直維持這個樣子。

記憶中的秋天，現在已經令人懷念。還有春天、夏天時也是。就連聖誕節或寒假，都覺得好像已經是很久以前的事了，彷彿已經在櫻花莊生活了很久很久，已經跟大家共同生活了好幾年。

因為這個房間裡，充滿了太多的回憶。

經常與美咲在電視前面一起打電動，也曾經把仁跟真白牽扯進來。一看到門，氣勢驚人地闖進來的美咲笑容，就浮現在腦海裡。

就連普通的衣櫃，都有讓人忘不了的回憶。那是空太第一次來到櫻花莊時，不知為何美咲已經在裡面等著了。

也在房間的地上睡過幾次。床被美咲佔領的時候、麗塔來的時候、真白說要在這個房間睡覺的時候……

馬上就得離開這個充滿回憶的地方了。這裡總有一天會被拆除。在這種情況下，沒辦法去思考未來。即使如此，空太仍有不得不看未來的理由。

到目前為止沒有得勝。

正因如此，至少要成就最後一件事。

想由衷祝福美咲與仁畢業。

「至少這件事一定要做好。」

想帶著笑容歡送他們，想告訴他們，不用再擔心任何事了。

空太如此下定決心後，便帶著貓咪們走出房間。

走向飯廳準備吃早餐。

途中，美咲從通往二樓的樓梯跑了下來。

「早啊，學弟！」

她已經身穿制服，做好出門的準備了。她沒有停下腳步，在玄關穿上鞋子後便喊著「呀喝～」一帶著一如往常的高昂情緒飛奔出去。大門還敞開著。

空太讓遠去的背影深深烙印在眼底。

今天是最後了，是最後一次見到穿著水高制服的美咲……也是最後一次目送舞動裙襬，充滿精神地飛奔出去的美咲背影了……

今天將是一切的最後。

空太看著美咲的背影感慨萬千，這時腦袋吃了一記拳頭。

「好痛！」

「別一大清早就發情。」

轉過頭去，忍著呵欠的仁就在旁邊。

「不是那樣啦。」

「那麼，難道是因為今天是最後一天，所以要把一切都烙印在眼底？」

眼鏡後面的眼睛笑了。空太完全被看穿了。

「既然你都知道，就請不要故意說出來！」

仁不管空太的抗議，對身影即將消失不見的美咲出聲叫喚：

「等一下，美咲！」

緊急剎車的美咲，立刻衝刺折返回來。

「什麼事？」

「我要跟妳一起去，等我一下。」

「我知道了！」

美咲就像聽話的小學生舉手。不過，因為是舉雙手所以是表示萬歲……或者應該說，看起來只像是熊準備襲擊過來。

仁折回走廊，大概是要回房間換衣服吧。

乖乖坐在玄關階梯上的美咲，像個小孩似的不斷張合著伸得筆直的雙腳腳尖。

明明有話想對美咲說，一旦美咲就在眼前，腦袋就純白得跟原稿一樣，冒不出什麼名言佳句。

花貓木靈「喵～～」的叫了，催促著空太倒飼料。空太只是含糊帶過便往飯廳走去。地板發出危險的聲音。大概是神經變敏感了，異常地在意起平常不太留意的事。

與貓咪們一起來到飯廳，已經有人先到了。

七海坐在餐桌旁平常的座位吃著早餐。

「啊，神田同學……」

「早啊。」

「嗯，早安。」

「……」

「……」

除此之外沒有任何對話。因為昨天的事，彼此間還有些尷尬，沉默讓人坐立難安。空太蹲在飯廳的角落，藉著餵貓咪們吃飯帶過。七海則吃著吐司，避免尷尬。

空太仍舊沉默不語，看著爭先恐後吃著飼料的貓咪們。

不過，在同一個地方，明明看到卻要假裝沒看到也是有極限的。

空太用眼角餘光確認七海的樣子，也很在意昨天哭成那樣的七海狀況如何。

看來夜裡也一個人哭了很久吧。只見她眼皮腫脹，鼻子下方因為面紙擦過頭而變得紅通通。

「不要一直盯著我看。」

「因為臉都扁了？」

「竟然說女孩子很醜，神田同學真是讓人討厭。」

空太看著故意誇張地鬧彆扭的七海，稍微鬆了口氣。因為七海臉上已經不是虛假的表情，這是從得知甄試落選以來，七海那已經停止不動的時間正緩緩地再度啟動的證明。

「那是昨天青山自己說的吧。」

「話是這麼說沒錯啦……可以的話，希望你忘掉昨天的事。我也想忘了……」

「……我是想要重來。」

空太撫摸吃著飼料的貓咪的背，受到七海說的話影響，無意識地如此說道。明明不打算說這種話的，甚至連自覺都沒有。

「神田同學……」

七海帶著悲悽的表情，看著空太。空太一臉無可奈何的困擾表情。

「抱歉。忘了我剛剛說的話吧。」

「不，別在意……我也了解你的心情。雖然了解……那樣是不行的。」

「是啊。不行，這是不行的。」

時間無法倒轉，無法像玩遊戲那樣，因為對結果不滿意就從儲存點重新來過。要是能那麼做，就不會說出這麼不乾脆的話，也不至於後悔說出口的話而飽嚐覺得自己沒用的心情了。

吃完飼料的貓咪們，催促著還要再來一碗。

空太在盤子裡追加了一些飼料之後站起身。

「我去叫椎名起床。」

「啊，嗯。」

還留著些微尷尬的氣氛，空太走出飯廳。美咲還在玄關，正把空太的鞋子當飛機丟著玩。雖然希望她別這樣，不過要是跟她講話大概又會拖很久，所以空太直接走上樓梯。

每踏出一步，腳邊便發出危險的吱嘎聲。

２０１號室……經過美咲的房門前，來到真白的房間。

「椎名，天亮了喔。」

空太出聲叫喚的同時，打開了２０２號室的房門。反正真白一定還在睡覺，所以沒有回應。

房間裡頭依然亂七八糟，地上散著一大堆衣服與內衣褲，還有漫畫分鏡稿以及原稿。

一如往常，空太探頭看了桌子底下。真白總是把那裡弄得像倉鼠窩，並且睡在裡面。不過不知為何，今天卻沒看到真白的身影。

「椎名？」

接著確認床上，翻開毯子，裡面也沒有人。空太甚至還趴在地上，看了一下床底下，不過也沒看到真白。衣櫃裡也沒有。真白不在房裡，難道是去廁所嗎？

空太先走出房間。

「椎名！」

大聲呼喚也沒有回應。

反倒是美咲衝上樓梯跑了過來。

「怎麼了？學弟？」

「沒看到椎名。」

美咲大大歪著頭。

來到一樓，找了洗臉台、浴室還有廁所。不過，都沒看到真白。

回到飯廳，除了七海以外，龍之介也出現了。他正咬著整顆番茄。

「神田同學，真白呢？」

對於空太一個人從二樓回來，七海感到奇怪。

「她不在房裡……」

不只是房間，任何地方都找不到。

有種不好的預感。

「小真白不在樓上喔。手機也不通。」

美咲從二樓走下來，應該是找過其他房間了吧。

「說她不在是什麼意思？」

接著，仁也走了過來。

在場的所有人都沒辦法回答這個疑問。

心中不安騷動了起來。

在一陣緊張氣氛中，千尋出現了。她身穿有春天氣息的淺色套裝，應該是為了畢業典禮而打扮的。

「老師，椎名她！」

「我知道。」

「……什麼意思？」

自然而然變成了帶著警戒的口氣，不祥的預感繼續擴大膨脹，心跳持續加速。

「這個是她要我交給你們的。」

千尋從身後拿出來的，是一幅大畫布。

那是之前真白在美術教室所畫的櫻花莊的畫。因為她上週末說週末也想繼續畫，所以空太便搬回來了。

等千尋把畫靠在飯廳牆上，空太站到畫的正面。

「已經完成了嗎……」

明明只是學校的課題，右下角卻有羅馬拼音的簽名。

把整個畫布收進視野，這一瞬間，時間彷彿凍結了一般。意識被吸引到畫的世界裡去。

這是一幅以柔和的筆觸與色調呈現出櫻花莊的畫作。

飄盪著懷舊感的黃昏時刻的光線，增添了畫作整體溫和的印象。這也更凸顯了框架中艷麗盛開的櫻花的存在感。

木造兩層樓建築的破舊公寓，甚至讓人覺得是閃耀著光芒、特別的地方。

與之前還沒完成時所看到的魄力完全不同，傳達出來的感情不同。而且，那時尚未描繪出來的住宿生們的身影，更是深深吸引空太的目光。

玄關前有一個與七隻貓嬉戲的人的身影。

「這個是我嗎……」

「嗯，是啊。」

點頭的人是七海。七海在畫作裡，站在空太的後方一起照顧貓咪們。

「小真白……好厲害。」

美咲在二樓的陽台上，對著樓下的空太等人揮動雙手，彷彿都可以聽到揮手的聲音了。

「啊，是啊。」

仁大概剛回來，單手拿著塞了長蔥的購物袋，正要穿過大門。

「……」

一樓的窗戶，可以看見正面對著書桌而有些在意外面狀況的龍之介，視線的另一端……千尋正在櫻花樹下喝著罐裝啤酒。

雖然並非實際存在，卻是毫不奇怪的櫻花莊場景。能夠身歷其境感受到正在這裡生活的氣氛，雖然很樸素，卻也因此讓人感到溫暖。

只靠一幅畫，就把櫻花莊重要的東西全都表現出來了。

這種心情、滿溢出來的情緒，該用什麼樣的言語來表達呢？

腦海中浮現的只有一個。
雖然未曾使用過所以不太確定，不過，應該沒有錯。
這個，只能稱為愛吧。充滿了愛意。真白直接描繪出了對櫻花莊的感情。
之前千尋也說過，在知道用言語或表情表現出情緒前，真白已經先學會用畫來表達自己的心情了。
真的就如同千尋所說的。真白辦得到，這就是真白的情感，想著櫻花莊的溫柔情感。
就連內心深處也被溫柔地包圍住。
被舒暢安穩地治癒了。
不過，卻有個更大而且完全相反的情緒，讓空太胸口隱隱作痛。
「這算什麼啊……」
幾乎要窒息了，聲音顫抖著。身體……心靈彷彿要被撕裂開來一樣。
非常溫柔的畫作。正因如此，對空太而言，看起來卻是既悲傷又寂寞的畫。七海與美咲的表情也變得陰鬱。仁與龍之介露出嚴肅的表情，千尋則是低垂著雙眼。
因為，還缺了一個很重要的東西。
「這到底算什麼啊！」
有一個絕對不可或缺的人物，沒有在畫上頭。

只有真白不在畫作裡。

「這樣子，簡直就像是……」

無法將感受到的東西說出口。

這樣就像要承認一樣，令人感到害怕。

因為已經知道這幅畫是來自真白的訊息。

——再見。

就連外行人也感受得出來，真白的畫激烈悲痛地表現了別離。

空太衝動地轉向千尋。

「您為什麼不阻止椎名啊！」

「我已經仔細問過『妳跟神田商量過了嗎』。」

「……！」

「要是剛來這裡的真白，大概還不會做出顧慮到你已經抱持很多煩惱的這種事，說不定會找你商量。不過，多虧了你們，真白也變了。雖然說在這種情況下是不好的影響。」

如果真白曾經來跟自己商量，自己又能做什麼呢？忙碌於資格審查會的準備，又被連署活動追著跑的空太，根本沒有多餘的心力。

不，不對。空太早就知道真白感到煩惱了。真白之所以會拚命進行連署活動，是因為覺得櫻花莊將被拆除這件事的責任在自己身上。就連七海硬撐逞強，也認為是自己害的。

胸口訴說著疼痛，感覺好痛苦。真白前天晚上還說睡不著而跑來空太的房間。

雖然知道真白正處於很辛苦的狀態，結果還是除了收集連署、讓櫻花莊留下來之外，想不出其他可以趕走不安的方法。所以這兩個星期以來，空太以自己的方式做了所有能做的事……

然後，努力去做的結果就是現在這個樣子。要說不甘心就沒道理了，因為認真去做，結果卻不順利。

「看了這幅畫，你們應該也能理解吧。理解真白是帶著什麼樣的心情離開的。」

因為是很重要的地方，因為是很重要的人存在的地方，所以決定離開。因為自己在的話，櫻花莊就會消失。

畫裡充滿難以言喻的感情。要不是打從心底想著櫻花莊，是無法畫出這樣的作品的。

即使是名留青史的畫家，一定也畫不出這幅畫。當然只有真白才畫得出來。因為這就是真白內心的顯像。

現在終於了解，前天晚上，真白所說的那句話的含意……

——我會守護櫻花莊的。

現在終於明白，那是抱持著多大的覺悟與決心，也明白了她是以什麼樣的心情說出口的……

因為她知道，最後自己離開，就能夠守護櫻花莊。

「那麼，真白到底是去哪裡了？」

仁代替沉默不語的空太，如此問道。

「她說要回英國，不過我不知道她打算怎麼樣一個人回去。因為她好像也沒跟她父母或麗塔聯絡。」

千尋一臉「知道我的意思吧」的表情。

「這麼說的話……」

怎麼可能不知道？真白沒辦法自己準備機票，就連一個人怎麼搭電車都不會。

「那孩子，也變得莫名其妙啊。」

煩惱過了頭，便陷入思考的迷宮。

這麼一來……

「也就是說，搞不好她人還在這附近嗎？那事情就好辦了。」

仁對所有人如此說道。

「我去把小真白找出來！」

空太的眼睛自然看向飯廳的時鐘。已經過了八點。

「仁學長跟美咲學姊請先去學校。畢業典禮要是遲到就麻煩了。」

「比起那種事，現在重要的是小真白！」

「那個傢伙說不定會迷路就這樣走到學校去，所以那邊就拜託仁學長跟美咲學姊。」

最糟的狀況，即使找不到真白，兩人應該也能出席畢業典禮。

「喂、喂，你打算不幫我們慶祝畢業了嗎？」

仁以一貫的調調說道。

「不可以喔，學弟！我已經決定要讓你們盛大地幫我們慶祝了！」

「我知道。我會帶椎名去，一定會趕上的。」

除此之外，腦中已經沒有其他結局了。

「我直接到車站，青山跟赤坂找找途中的岔路或遠路。」

「嗯，我知道了。」

七海用力點了點頭。

「別把我扯進來。」

即使這麼抱怨，龍之介也沒有說不。

聽到兩人回應而放心的空太，帶著驚人的氣勢衝出玄關。

2

騎著破爛腳踏車暴走了三分鐘左右。

空太抵達藝大前站。

沿路沒有看到真白的身影。

不知道她是不是在車站，說不定早就已經不知道到哪去了，因為空太起床時她已經不在了。就連早起的美咲都沒發現，所以應該是很早，恐怕天都還沒亮就出門了。

不，現在才想這些也無濟於事。

空太沒上鎖就把腳踏車放在車站旁，沒買車票就穿過剪票口。

「喂！」

驚愕的站務員出聲叫住空太。

「不好意思！我在找人！」

空太頭也不回如此說完，便來到月台。

環視左右，沒看到真白的身影。有許多通勤的上班族，以及穿著像是高中制服的人。即使如此，如果真白在，一定能夠一眼就認出來。

不在南下的月台上。

仔細看著軌道另一側的月台。不在前側，至於後側……在最尾端的地方，發現了真白。

「找到了！」

去年四月……真白來到這裡時帶著的咖啡色行李袋，用雙手提在前面，就連身穿制服這一點也一樣。

「椎名！」

空太從肚子深處吶喊出來，不過剛好在這個時間點被廣播蓋過了。廣播說著二號線電車即將進站，正是真白所在的月台。

「可惡！」

告知請在白線內側候車的廣播一停止，電車就快到站了。

「真白！」

空太再次呼喊她，不過卻沒有用。因為二號線的電車進站，真白的身影也看不見了。

因為急躁的心情讓腳不聽使喚，空太還是趕往對面的月台。三步併兩步衝上樓梯，已經開始氣喘吁吁。不過，現在不是說喪氣話的時候，一定要趕在真白搭上電車前阻止她才行。要是錯過了，就會趕不上畢業典禮。

空太穿過連接月台的通道，祈禱著一定要趕上。

下樓梯時，迎面而來剛下電車的乘客。空太與他們反方向跳上月台。

電車門關閉。

即使如此，空太還是不願放棄，衝向即將出發的電車，揍了車門一拳。拳頭瞬間發熱，痛覺跟著湧上來。

空太毫不在意這種事，視線望向逐漸加速的車內。

想至少再看一次真白的身影。

他在月台上狂奔，奮力追著電車。

但很快就被擋在月台底端。

大概是混在乘客當中了，到最後還是沒能看到真白。

「為什麼啊！」

空太將難以接受的情緒，投向逐漸遠去的電車。

「為什麼啊……」

空太在月台底端癱坐下來。

走了。真白走了。明明沒有人希望這樣，沒有人希望是這樣的情況。

空太只是專心調整呼吸。

還在呆茫的狀態下，搖搖晃晃站起身。

搭下一班電車追過去吧——空太這麼想著回到月台上。

這時，在應該空無一人的月台上，發現了一個人影。

是一位彷彿從繪本裡頭出現的妖精，站著的少女。

是真白。

與在對向月台看到時同樣的位置、同樣的姿勢站著，雙手拿著旅行袋，臉朝向正前方，沐浴在朝陽下而閃耀著。

她聽到空太的聲音了嗎？不，看起來不像。她看起來並沒有發現空太的存在。

那麼，為什麼……

空太即使感到疑惑，還是鬆了口氣跑向真白。

「椎名。」

他放慢速度，出聲叫喚。

「空太。」

空太的腳步在被這麼呼喚名字的時候停頓下來，像被緊緊綑綁住一般動彈不得。因為真白的聲音帶著濃厚的溼度，就在兩人距離約三公尺的地方。

「椎名……？」

空太以為是自己多心了，又呼喚她一次。

「……我不想走。」

空太嚇了一跳。轉身面對空太的真白，雙眸正不斷落下大顆淚珠。空太感覺像是看到了什麼不可能存在的東西。真白在哭泣。從來沒想過真白會哭泣。第一次看到的真白的淚水，更像玻璃製品一般，將空太的思緒連根拔起。

「我不想走。」

簌簌滴落……潸然落下……只有真白站的那個地方，不斷下著大雨。

「告訴我，空太。」

腳邊的水泥地都被淋濕而染黑了。

「妳……」

「我一定得走。」

「……」

腦袋依然一片空白。曾經想對她說的話，還有因為擔心而追她到這裡的情感，全都被吹跑了，完全只剩空白。

真白的表情一如往常，清透的眼眸、微微向上的眼角，都不像正在哭泣的樣子。就如同平常幾乎無法判讀情緒的真白一樣，但是，眼淚卻啪噠啪噠地滴落，就像太陽雨。然而，這個不協調的危險感，更令空太的不安騷動起來。

「我一定要搭上電車。」

「……」

「腳卻動不了。」

不用問也知道，她非這麼做的理由。

「我好幾次都想搭上車！」

真白強迫自己用力的聲音，變調而嘶啞。

「椎名。」

終於能呼喚她的名字了。

「可是！」

真白緊握的拳頭顫抖著，正與無法處理的情感奮戰。

「不要緊的，椎名。」

「我一定得走。」

「沒關係了！」

「我明明就不能留在櫻花莊。」

「我都說沒關係了！」

「我一定要離開才行，可是……」

不管說什麼，真白只是詛咒般不斷重複著同樣的話。

「妳不用離開！椎名留在櫻花莊就好了！」

「可是，那都是我害的喔？」

盈滿淚水的眼眸看著空太。眼淚仍然不斷滴落，弄溼了地面。

「那都是我害的喔？」

只能聽清楚一半的聲音，叫人感覺心痛。

「那不是椎名害的！」

「只要我不在，就可以守護住櫻花莊了喔？」

「不是那樣的！」

「今天是畢業典禮。」

「沒錯。所以我們要祝賀美咲學姊跟仁學長畢業吧？」

「可是，筆記本沒有寫滿！」

「妳不用覺得責任在妳一個人身上。」

「不對。都是我的錯。」

「開什麼玩笑……」

空太不希望真白如此責怪自己。櫻花莊裡沒有任何人認為是真白的錯。

「都是我的錯。」

「開什麼玩笑！」

「……！」

要是能說些別的就好了，要是能溫柔地傳達給她就好了。但是，現在的空太卻做不到。只能用這種方法說出想說的話，只能這樣傳達想傳達的事。即使如此，還是比不說要好。

「妳根本什麼也搞不清楚！」

「我很清楚！」

「……！」

這次輪到空太語塞了。

「我知道都是我不對！全都是我的錯！不管是櫻花莊會消失不見……還是七海一直在忍耐！全部都是我的錯！我沒辦法待在櫻花莊到讓別人覺得不愉快！我不要那樣！」

「……」

空太真的說不出話來。感覺像是受到意想不到的反擊。

「都是我害的……」

淚水盈眶，表現出強烈意志的眼眸直盯著空太。

「因為我的存在才會變這樣。」

真白一味固執，正因為她的固執，在空太眼裡看來非常危險。彷彿要是再多說一句，她就會出現裂痕，要是用這雙手去碰觸，她就會粉碎。空太做著這種不可能的想像。

不過，對於這不可能的想像，空太的腳卻畏縮了起來。

「……」

已經沒有什麼話好說。

被逼得走投無路的心，緊緊地揪成一團。要趕快說些什麼，不然……然而，面對宛如即將崩毀的真白，空太什麼也沒辦法說。

就在這時，背後傳來聲音。

「妳在說什麼蠢話？」

轉過頭去，是上氣不接下氣的七海。她的雙手撐在膝蓋上抬起臉來，調整著呼吸。在她之後，氣喘吁吁的龍之介也追了上來。

「青山。還有，連赤坂都來了……」

七海經過空太身旁，來到真白面前，率直地說出口：

「那才不是真白的錯。」

「可是……」

「不要擅自連人家的挫折，也當作是真白妳的東西。」

七海的聲音裡帶著某種煩躁。

「……」

真白大概也感覺出來了，不安似的微微皺著眉頭。

空太認真地猶豫著是不是該阻止七海。

「甄試落選全都是人家的問題，只屬於人家的問題。就連一公厘都跟真白無關。因為這個經驗……全部都是屬於人家的。」

「可是……」

即使如此，真白還是緊咬不放。

「說什麼沒問題，也不聽神田同學的忠告硬要逞強，這全都是人家自己決定的。跟真白沒有關係，一點關係也沒有。」

「七海。」

「妳要是擅自覺得責任在自己身上，人家才覺得麻煩。」

「……」

真白髒兮兮的臉吸著鼻子。

對於七海的每一句話，空太也開始擔心真白會不會就這樣崩毀。

「七海，妳在生氣嗎？」

「妳在說什麼廢話？人家看起來像是沒在生氣的樣子嗎？」

真白稍微收起的淚水再度滴落。

「喂、喂，青山，不用說成那樣吧。」

空太向前跨了一步。

「神田同學請閉嘴。」

被這麼乾脆地指責，空太於是後退兩步。

「可是啊，真白。」

「什麼？」

「妳為人家擔心，真的讓人家覺得很高興。」

「七海……」

「真的很謝謝妳。人家覺得很高興。」

七海溫柔地笑了。

「……！」

真白的情感已經無法用言語形容。

「所以啊，人家也不允許真白擅自說要離開。」

彷彿被這些話推了一把，真白抱住七海，把臉埋在七海肩上。七海雙手輕輕環抱住真白。

「真白還真是要人費心照顧呢。」

「因為，櫻花莊會消失都是我害的……」

「雖然是事實，不過那也只是理事會單方面的決定。神田跟綁馬尾的好像根本就不在意。」

原本沉默傾聽的龍之介，淡然地這麼說著。

「赤坂同學說得沒錯。」

七海溫柔地輕拍真白的背。

「可是……我明明不想走，卻非走不可。」

「我都說妳不用離開了。」

「我是第一次這樣，所以不明白。不明白要怎麼做……胸口好痛苦，一直覺得不舒服……」

「是啊。」

「可是，卻什麼也做不到……所以，我……只能做這種事。」

「很痛苦吧。」

「嗯……嗯……」

看到逐漸冷靜下來的真白，空太安心地吐了口氣。七海轉過頭來看著這樣的空太。

「幹、幹嘛啊？」

「神田同學也是，有想說的話就說出來，沒問題的。她並不會因為正在哭泣就崩毀哦。」

「喔、喔。」

「你對真白的眼淚還真是沒有抵抗力啊。」

不知為何，七海覺得真受不了。

「椎名。」

「什麼事？」

雖然說沒有問題，不過一旦面對淚汪汪的臉，老實說，還是會忍不住顧慮到自己要說的話。

「貫徹自己的任性，不就是妳的可取之處嗎？不用事到如今才想做些自己不想做的事。」

「可是……要是我在，櫻花莊就會消失不見。」

大顆淚珠再度滴到月台上。

「椎名還是沒搞清楚。」

「我很清楚……」

「妳沒搞清楚啦。完全沒搞清楚櫻花莊這件事。」

「我很清楚。」

真白真的生氣了，微微鼓著臉頰。

「我所說的櫻花莊啊，指的不是那個破爛的建築物。」

「……」

「在那裡，有美咲學姊、仁學長，有青山跟千尋老師，還有赤坂……當然要再加上椎名才是櫻花莊。」

「空太。」

「有大家的存在才是櫻花莊。」

面對著面講這種話，真是讓人很難為情。

「……」

不過，因為真白直率地看著自己，所以沒辦法把視線別開。

「雖然美咲學姊跟仁學長今天就要畢業，很快就會不在了……不過，那也是必要的，所以沒關係。」

「……嗯。」

「總而言之，我想說的是……」

「我明白了。」

「……」

空太帶著想確認的視線看著真白。

「沒問題的。這次我真的弄清楚了。」

「真的嗎？」

「嗯……櫻花莊是因為有大家的存在，所以才是櫻花莊。大家就是櫻花莊。」

「是啊，所以我都說了。」

也許已經不需要再多說什麼。不過，重要的事還是應該開口說出來，要有人清楚告訴真白比較好。可以的話，空太希望能由自己來告訴她。

「椎名留在櫻花莊就好了。或者該說，妳就給我留下來！」

「空太。」

「就算妳說要到哪裡去，我也絕對會阻止妳的。大家會一起阻止妳。」

「雖然就真白而言，大概沒辦法靠自己到哪裡去吧。」

對於七海的指摘，空太笑了。確實如此。

「妳一開始就說了吧。」

「說什麼？」

「妳說妳不想走。」

「嗯。我想留下來……我想一直待在櫻花莊。」

無限感慨的真白，更用力抱緊七海。

「等一下、真白，很痛啦！」

「七海沒問題的。」

真白說了任性的話。

「什、什麼跟什麼啊～～！」

對於很有真白作風的任性行徑，空太發出聲音大笑。

「神、神田同學，別顧著笑，快來幫忙啦。」

七海有些痛苦的樣子。

「七海，謝謝妳。」

「呃，妳是指什麼事？」

「謝謝妳為我擔心。」

「嗯。是啊。」

「謝謝妳說對我覺得很高興。」

「嗯。」

「我也覺得很高興……所以謝謝妳。」

「這是理所當然的吧。因為我們是朋友啊。」

「嗯、嗯……朋友。」

真白再度把臉埋進七海肩膀，手臂也加重力道。

「唔，就算這樣，也不用抱得這麼緊吧！」

「很抱歉在妳們正忙的時候打擾一下，不過差不多該到學校去了。」

一直沒說話的龍之介，用智慧型手機確認時間。

「畢業典禮就快開始了。」

空太也看了車站的時鐘。

八點五十一分。

畢業典禮從九點開始。

「真白，要用跑的喔。」

「我知道了。」

七海牽著真白的手，開始奔跑。

空太也從後面跟上。

龍之介則是悠哉地走著。

「赤坂也要用跑的。」

空太折回去拉住龍之介的手。

「什麼！你這是在幹什麼？神田！」

「你才是吧，是在悠哉個什麼勁兒？」

「要是沒有上課我是不會去學校的。你不知道嗎？」

「我知道，不過今天無論如何都要去！或者該說，我會把你拉過去！」

所有人要一起見證美咲與仁隆重的儀式，並且祝福兩人啟程。

眾人衝上樓梯，越過一號月台，再往下跑。

穿過剪票口來到外面，發現攔下計程車的千尋正在外頭等著。

「老師？」

「趕快上車。」

千尋不由分說就把大家分為兩組，塞進車子裡。第一輛車坐了千尋、空太與龍之介，第二輛車則載了真白與七海。

車子馬上出發。大概是聽千尋說明過情況了，計程車司機先生開得飛快，顯然超過法定時速限制。

「拿去，這是你的制服。」

千尋從副駕駛座把制服丟向空太。

空太早就忘得一乾二淨，自己還穿著家居服。龍之介與七海似乎是換好制服才出門，真白也確實穿著制服。

空太繫著安全帶，詭異地蠕動身體，好不容易才換上制服。

「話說，老師，既然您要幫我們，幹嘛不一開始就阻止椎名啊！」

空太繫上領帶，對著副駕駛座問道。

「你好歹也先想過再說出口吧。現在這種時局，到處都能學到不會受挫的方法，何必要身為教師的我來教啊。你們靠自己留住了真白，這件事是有意義的。就算最後不成功，還是有意義……畢竟，人類只有親身體驗過才能學到。」

兩人的視線透過後照鏡對上，千尋露出表示「如何啊？」洋洋得意的表情。

「老師的愛真是很難懂。」

「你什麼時候學會說這種丟臉的話了？」

「最近才學會的。」

或者該說，大概是這一個小時。

千尋也不否認，以鼻子哼笑了一下。到底是在開心什麼呢？

在這樣的對話中，計程車已經來到校門口。徒步要十五分鐘的距離，搭車根本不用五分鐘就到了。

交給千尋付帳，眾人下了車。披上外套，扣好鈕釦。

「還剩兩分鐘，用跑的。」

「我知道！」

千尋這麼訓斥空太，空太抓起從後面的計程車下來的真白的手，開始全力衝刺。

目標是體育館。

七海與龍之介也追了上來。過了一會兒，千尋也發著牢騷跑了起來。

剩下一分鐘……八點五十九分，空太等人抵達體育館。

3

一打開體育館的門，首先感覺到很多人的氣息。濃厚的緊張感迎面撞擊而來，有一股讓人幾乎要一屁股跌坐在地的肅靜魄力。

不過，面對這股壓力，空太不覺得害怕。因為還興奮地沉浸在趕上了的事實之中，所以並不在意。

站在門附近的老師用責難的眼神看了過來。空太等人輕輕點頭打招呼，經過以紅白布幕裝飾的牆邊，急忙前往在校生座位。

體育館前方都還是空位，整齊排列著金屬椅凳。在這之後，應該就是畢業生進場了。後方設置了家長的座位，幾乎都坐滿了。

夾在這兩者之間的，就是空太等在校生的座位。

看來現在要進入自己班級的隊伍有些困難，於是空太等人坐在在校生座位最後一排的四個空位。從右至左依序是七海、真白、空太與龍之介。

因為是跑著進來，還上氣不接下氣，一停下來就開始飆汗。坐在空太隔壁第二個座位的七海，用手搧著臉。

「空太，好熱。」

真白以淡然的表情抱怨著。

「沒關係，我也很熱。」

「神田同學，我不太懂你那個沒關係的意思。」

「沒關係，我也不懂。」

真白與七海帶著失禮的目光看了過來。

「真是的，為什麼連我都要做這種事……」

左邊的龍之介也呼吸困難，擦著額頭上的汗水。

「都是神田害的，明天一定會肌肉痠痛。」

「是你太弱了吧。」

不過，因為真的跑了不少距離，說不定空太也得為明天先做好心理準備。

在進行這些若無其事的對話時，麥克風開啟的噪音刺激耳膜。

體育館內瞬間一片靜悄悄。只有許多人的氣息釋放出濃厚的存在感，安穩地坐在這個地方。

在旁邊的麥克風前，看到了千尋的身影。沒聽她說過要擔任畢業典禮司儀的事，所以覺得有些意外。大概是因為奔跑過來，髮型跟套裝有些凌亂。站在後方的小春，為她整理頭髮與服裝。

時間剛好是九點。

千尋深呼吸後開口了：

「馬上開始第二十九屆畢業證書頒發儀式。」

要開始了。不，是已經開始了。

「請全體人員起立。」

可以感覺到有人屏住了呼吸。

「畢業生進場。」

以此為信號，音樂科一、二年級生的現場演奏，從體育館的右前方傳了過來。讓沉默變得盛大華麗，動人的音色，更凸顯出嚴肅的氣氛。

為了歡迎畢業生，會場裡自然被溫暖的掌聲包圍。

每班排成一列的畢業生們，緩緩走在正中央通道的紅地毯上，沐浴在閃個不停的閃光燈下。

美術科打頭陣的，是空太很熟悉的人物……美咲。不知道她在開心什麼，只見她滿臉燦爛的笑容。不，美咲基本上都是這樣。

胸前佩戴著類似櫻花的飾品。所有的畢業生都戴著。

「啊，對了。這個。」

突然想起什麼事的七海，從制服口袋裡拿出同樣的花飾。大約是手掌心的大小。她遞給空太、真白與龍之介。仔細一看，所有的在校生手上都有拿著。

在畢業典禮的最後，有個要把花丟到畢業生頭上、祝賀他們離開學校的活動。

緊接在美術科後面的，是音樂科的畢業生隊伍。空太在其中看到了姬宮沙織的身影，畢竟今天還是不方便戴著耳機。沙織大概是察覺到空太的視線，瞥了這邊一眼。然後有些驚訝的樣子，很快又轉為滿足的微笑。總覺得說不定是從美咲或仁那裡聽說了。

藝術科的兩個班級進場後，接著是普通科。

前學生會長館林總一郎從旁邊走過。接著在幾個人之後，看到了仁的身影。仁察覺到空太等人後，也同樣嘴角露出了爽朗的笑容。

終於，所有班級進場完畢。演奏也配合停了下來。

掌聲停下之後，緊張的寂靜再度支配著體育館。

所有人就座。

「典禮開始。」

畢業生的進場結束後，畢業典禮便平和地開始進行。

開場的致詞結束後，接著是齊唱國歌，再來便是重頭戲頒發畢業證書。千尋把麥克風前的位置讓給各班導師，每班一名代表接著上台。

在所有人全神注目之下，從校長手上領取畢業證書的畢業生回到座位。本以為美術科的代表會是美咲，所以當其他學生上台時，稍微感到驚訝及失望。

「不是美咲。」

真白也一副覺得很可惜的樣子這麼說著。

音樂科是由沙織威風凜凜地領取畢業證書。仁的班級則是總一郎，伸得筆直的背脊令人印象深刻，是這種活動的最佳人選。不愧是前學生會長。

畢業證書的頒發儀式慢慢進行，結束之後，會場的緊張感多少緩和了一些。

心不在焉聽著校長的致詞，緊接著的貴賓致詞，介紹的是理事會會長。空太為了記得他的長相，一直盯著他看。他是一位蓄鬍、年過五十的男性。空太從中途開始就幾乎是瞪著他，真白與七海也一臉想說什麼似的直盯著他。只有龍之介很無聊地打呵欠，偶爾還閉上眼睛打算睡覺。

花不到五分鐘時間的理事會會長致詞也結束，介紹完貴賓後，心神不定的情緒再度襲來。

流程已經過了一半，畢業典禮正逐漸接近最後的瞬間。有種典禮正加速進行的感覺。

賀電也結束後，接著是在校生代表致歡送詞。現任學生會長的二年級生被叫到名字，便走到前方。

緩慢而清晰的聲音，敘述著與畢業生的回憶。迎新會時，第一次與學長姊們見面……一起參加社團，一起流汗……在宿舍的共同生活受到很多指導……體育祭及文化祭時共同炒熱氣氛——

現任學生會長以逐漸變得激動的聲音說著。

即使各自的回憶不同，卻也讓空太有了共鳴。

腦海中回想起的，是在櫻花莊度過的日子。空太想起的「第一次」，不是入學典禮或迎新會，而是第一次到櫻花莊那天的事。

一年級的夏天，被學校發現養了白貓小光，被叫到校長室的那天，空太從一般宿舍被放逐了。對於是否能在被稱為問題學生巢穴的櫻花莊裡存活下去，實在感到很不安。

接著，最初的第一天，可以說盡是些更加深不安的事。本以為就算是櫻花莊，住在裡面的好歹同樣都是人類，沒想到最先遇到的竟然是外星人。原本深信應該是正經的老師，卻是個嫌麻煩的人，一點也不可靠。再加上，還把足不出戶的藺居足龍之介誤認為是鬼，實在是糟透了。就連早上才泰然地回來的仁，都幾乎要讓人覺得算很正常了。

雖然現在能夠笑著回想，不過當時可是認真地煩惱「要是待在這裡就慘了」，整天都想著要離開櫻花莊。

在那之後，發生了許多事。包含好的與不好的。對空太而言，在水高度過的日子，就等同於在櫻花莊所度過的時光。

在這其中，總是有美咲的存在、有仁的存在、有龍之介的存在，有真白以及七海的存在。當然還有千尋。

因為有大家，所以才能喜歡上曾經那麼討厭的櫻花莊。回過神來，才發現已經認為除了這裡以外沒有其他地方了。

收納在相簿裡令人懷念的日子，被回憶起來之後又消失，讓空太熱淚盈眶，鼻子深處微微酸了起來。

四周也傳出啜泣的聲音。

在校生代表令人感動的歡送詞，以「繼承自學長姊們的水高魂，我們會繼續守護下去」的決心做為結語。

這句話深深刺痛了空太的胸口。

空太等人守護不了。

守護不了櫻花莊。

念完歡送詞的現任學生會長回到自己的座位。

就在這個時候，空太的手碰到了某個東西。溫暖的觸感。坐在隔壁的真白握住了空太的手，眼睛直視著前方。

就空太看來，就像是「還不能讓典禮結束」的無言抗議。

真白的另一隻手，握著七海的手。七海為了掩飾眼角的淚水擦拭著。

「接著，畢業生代表致答詞。」

千尋透過麥克風如此說道。剩下的流程已經不多，致答詞結束之後，就是致贈紀念品、合唱畢業歌、合唱校歌，然後是閉幕致詞，接著就結束了。

正當空太這麼想的瞬間——

彷彿岩漿蓄積已久的感情，一口氣衝到腦門噴出火來。

——不要。

全身吼叫著不想就這樣結束。

不對，不是吼叫，而是哭喊。

七海不再隱藏奪眶而出的淚水，緊咬著牙，無法忍受吞嚥不下的悔恨。

就連龍之介都一副乖巧的樣子。

真白緊緊握住手。

不能就這樣結束。櫻花莊的最後不能是這種形式，「櫻花莊魂」不是這樣的東西。

之前，空太曾對龍之介說過，不論結果如何，就算大家一起進行的連署活動會成為最後的回憶也無所謂。空太一直相信那個心情，真心覺得這樣就好了。可是，現在這一瞬間，那些全都成了謊言。

這種形式怎麼可能無所謂？

接著，空太的身體便被不甘願的情感驅使，衝動地想要站起身。

就在這個時候……

「致答詞，畢業生代表，上井草美咲。」

聽到了這樣的聲音……

抬起頭的空太與七海同時露出不解的反應，真白則是不斷眨眼。對於意外的發展，龍之介也注視著前方確認。

「是。」

沒多久，美咲開朗的聲音響徹體育館。

沒有聽錯。這是怎麼回事？空太的身體自然回到椅子上。

一直以為致答詞會是由前學生會長館林總一郎進行。之前在學校遇到的時候，記得他也說過要討論致答詞的事。

看來似乎是所有人都有同樣的想法，會場上引起一陣騷動。

明顯變得吵雜，每個人都開始心神不寧。

大約在前面三排的座位上，與七海交情很好的高崎繭向朋友本庄彌生投以「這是怎麼回事」的視線。彌生尋找七海的身影回過頭來，想尋求答案。七海則回以「不清楚」的訊息。

空太發現不同於這兩人的視線，有個剃著小平頭的學生，是住在一般宿舍時的室友宮原大地。他帶著有些傷腦筋的表情，試探性看著空太。

空太搖搖頭表示「不知道」。接著，大地立刻做出「了解」的嘴型，轉回前方。

最平靜不下來的，是站在體育館兩側的老師們。與旁邊的人竊竊私語，討論著是不是該阻止她。不過，有許多貴賓與家長來參加的這種情況，看來是想打斷也打斷不了畢業典禮流程。

毫不在意這樣緊張的氣氛，美咲腳步輕盈地走到前方設在舞台正面的講台，轉過來面向會場全體人員，表情十分認真。

美咲從口袋裡拿出寫了草稿的紙張。

攤開紙張的聲音透過麥克風傳了出去。美咲筆直地伸出雙手，把稿子拿到面前。

騷動聲停止，畢業典禮的緊張來到最高點。

在這樣的氣氛下，美咲發出第一聲：

「又到了讓人期待尚處於生硬狀態的櫻花花苞，彷彿受到春季溫暖的邀約般，緩緩膨脹並綻放的季節了。在這個肌膚能夠感受到新季節來臨的好日子裡，我們三年級生得以一起迎接畢業。承蒙各位貴賓、各位家長蒞臨，能夠舉行如此盛大的畢業典禮，敬表感謝。謹代表畢業生，由衷致上謝意。」

在周遭屏息之下唸出來的開場白，是不像美咲作風的拘謹致詞。說話方式的節奏及情緒也很保守，比平時成熟許多。可以感覺到原本驚慌失措的老師們，逐漸恢復冷靜，甚至還有露骨地呼了口氣的老師。

在這行列的一端，應該多少知道內情的千尋閉著眼睛傾聽美咲的致答詞，完全無視身旁試著打聽出什麼的小春。站在後方的保健室老師蓮田小夜子，則是雙手交叉在胸前，看著事情的發展。

「時光飛逝，回過神來發覺已經要畢業了。雖然曾想再留下來一年，幾天前與某位老師商量過留級的事，不過卻被拒絕，還要我一定要畢業。本人打從心底感到遺憾。」

畢業生與在校生席間，微微傳出笑聲。

雖然其實並不是什麼好笑的事……因為美咲真的曾找千尋商量過。剛剛才鬆一口氣的老師們，臉很快又變僵了。

「第一次穿過水高的校門，正好是三年前還是國中生的時候。因為國中恩師的推薦，所以才知道這所水明藝術大學附屬高等學校的存在。」

應該不了解狀況的家長之間，也開始微微飄盪起騷動的氣氛。雖然很些微，但似乎已經感覺到這個狀況並不是原來安排好的。

「我決定報考水高，是為了要在這個學校交朋友。」

這個部分之前已經聽仁說過。不會察言觀色的美咲，曾經在團體中很突兀而被孤立……

「我在國中的時候，沒有可稱為朋友的對象。不過，如果在這個學校……在水高，說不定可以找到夥伴——國中時的恩師熱心地如此推薦。」

感覺得到雜音正一點一點消失。即使多少有些俏皮的樣子，但唸著稿子的美咲態度或聲音，絲毫沒有在開玩笑，非常認真，連空太都是第一次見到美咲這樣的表情。

「收到合格通知的時候，我高興得把通知單給捏爛了。光是通過考試，就像是自己已經交到朋友了。」

美咲太過興奮，一定把文件都揉得皺巴巴了吧。還可以想像出說著「妳在幹什麼」並把通知單攤平的仁的樣子。

「從那之後過了三年，我在水高度過了絕對不算短的寶貴時間。現在，我打從心底覺得，能夠進入這間學校實在是太好了。」

現場全體都仔細傾聽著美咲說話，意識全集中在一點上。空太、真白、七海、龍之介、其他的二年級生、一年級生、畢業生，還有老師們也同樣注視著美咲。就連貴賓以及畢業生家長們，都目不轉睛地看著前方。

「在這三年的期間，我得到了非常重要的夥伴，有了珍貴的邂逅。這些夥伴們一起度過歡樂時光、難過的時候相互依偎，而且包容我想哭泣的心情。今天，我能以如此神清氣爽的心情迎接畢業，都是多虧了在水高相遇的夥伴們。在同個時期進入水高，並且一起度過共同的歲月，不知道是偶然還是命運。只是，唯獨有一件事我很清楚。」

這時，美咲從稿子上抬起臉來，筆直凝視著空太等人。

美咲似乎輕輕笑了。不過，她的視線很快又回到稿子上。

「我很清楚……支持我們相遇的，是名為櫻花莊的學生宿舍。」

美咲抬起胸膛如此說道，打從心底引以為傲。她的言語、態度，還有靦腆的臉……如此說著。

一聽到櫻花莊這個名字的老師們，露出愁眉苦臉的表情。不過，畢業生與在校生都乖乖等著美咲接下來的致詞，沒有絲毫的笑聲或吵雜聲。這大概是美咲愉悅的態度使然吧。

「我入學後一個星期就被趕出一般宿舍，一個人搬到櫻花莊了。」

真白更用力地握住空太的手，幾乎令人感到疼痛。不過，現在卻讓人感覺舒暢，深信彼此的心是緊緊相繫的。

「櫻花莊裡，一開始只有我跟監督老師千尋老師兩個人，是個很淒涼悲傷的地方。」

帶著鼻音的七海小聲喃喃「是這樣啊」。空太也不知道這件事，一旦想像那個地方只有兩個人，就真的開始覺得寂寞。因為全部房間都住了人的現在，實在是太熱鬧吵雜，已經變得很理所當然……不過，一開始並不是這樣的。

「我在這個聽不到任何人的笑聲，就連說話聲都聽不到的地方，開始了我的高中生活。這樣跟國中時沒兩樣，我還是一個人。」

那個時候，美咲到底是抱著什麼樣的心情呢？明明是為了交朋友而來到水高，卻立刻被流放到櫻花莊。

「搬到櫻花莊來的第一個夜晚……我一間間看了空無一物的房間，描繪了一個夢想。我夢想著某天櫻花莊的房間都住滿了人，這個寂靜的地方充滿歡笑聲的日子到來。」

輕輕閉上眼睛，便浮現出美咲獨自一人打掃空房間的身影。為了不管何時誰來住都沒問題，清理得一塵不染。空太的房間也是因為美咲整理過，即使建築物老舊，房間卻很乾淨。

「結果，同年級的仁就搬到櫻花莊來了。」

致答詞的美咲，視線已經不在稿子上。彷彿凝視著回憶，探索沉睡在心中的辭彙般，編織著情感。

「升上三年級之後，低一個年級的DRAGON，還有學弟讓櫻花莊熱鬧起來。」

讓櫻花莊變熱鬧的人應該是美咲。美咲是櫻花莊的太陽，總是以閃耀的笑容照亮那個地方。所以，櫻花莊才會快樂，笑容從沒停過，總是聽得到歡笑聲。

空太從沒想過原來美咲是這麼想的。不過，好開心。再也沒有比能成為太陽的力量更令人開心的事了。美咲的情感刺穿胸膛，淚水自然滲出眼角。止不住鼻子深處的酸楚，瓦解也只是遲早的問題。

「幸福的每一天來到我的身邊，學弟總是把我的話聽到最後，也陪我徹夜打電動。不管我怎麼把他耍得團團轉，他都不曾離開我，也不曾把視線從我的身上移開。雖然仁一直要我多少節制點，可是我卻辦不到。快樂的心情每天自然湧現，怎麼可能抑制得了？因為這樣的時光，是我一直以來所期盼的。」

視野逐漸模糊，阻擋不了了。

「早上說『早安』，回來的時候說『我回來了』。有人回來時便說著『你回來啦』前去迎接。這樣的每一天真的很快樂。」

沒想到這些細節都能如此令人懷念地在腦海中甦醒。從來不知道單純的打招呼對美咲而言有這樣的意義。

「放學後經過商店街去買東西，一起準備晚餐，邊吃飯邊聊天，互相搶奪配菜也很開心。」

空太在心中吐槽「那不是互相搶奪，只是單方面搶走而已」。即使邊吸著鼻子，還是忍不住噗嗤笑了出來。

「就連打掃浴室跟整理庭院裡的雜草……與大家一起度過的所有時光，對我而言都是無可取代的瞬間。」

讓每天都變得很閃亮的，明明是美咲。空太等人只是順著她做而已……

「至今總是把大家耍得團團轉，我要向大家道歉。對不起。」

沒有什麼事是要她道歉的。

因為有美咲在，自己才能全力奔跑。

因為有仁在，才能不考慮後果就安心地猛力衝刺。

「有千尋、仁、DRAGON、學弟在，光是這樣就已經幸福得讓人覺得害怕，沒想到第三年，小真白也來了。夏天時連小七海都來了。」

七海緊閉雙唇，凝視著美咲，想把她的身影烙印在腦海裡。不過，不知道以她那熱淚盈眶的雙眸是不是能夠順利辦到。

「真的覺得好幸福。因為那一天……搬到櫻花莊那天我所描繪的夢想，在第三年的夏天終於實現了。」

六個房間全部住滿，櫻花莊被歡笑聲包圍。

就連空太也已經看不清楚前方，身旁真白的眼眶也濕潤了。

筆直看著前方的龍之介，輕輕吸了鼻子。

不只是這樣。

從畢業生的座位傳來了嗚咽聲。音樂科的隊伍裡，沙織用手帕擦拭眼淚。就連旁邊不知道名字的女學生，肩膀也顫抖著，大概是把美咲說的話帶進自己的回憶裡了吧。

「每當櫻花莊又住進一個人，我心中的空洞也逐漸消失。不僅如此，內心變得溫暖，每天都過得很開心，會自然露出笑容。就是這樣的時光。」

美咲的話，彷彿春天向陽般溫柔包圍會場。

「許多人都說我很開朗，說我很有朝氣，說我很吵。不過，我之所以能夠這樣，都是因為有櫻花莊的大家。」

七海發出嗚咽聲。

「對我而言，大家就是最棒的禮物。」

止不住滿溢而出的情感。

「你們還記得嗎？第一次來到櫻花莊那天的事。這些對我而言，全都是與大家相遇、永遠忘不了的珍貴日子。」

當然，怎麼可能會忘記？怎麼可能忘得了？

當時不知為何，美咲在房間的衣櫃裡，空太還被誤以為是小偷。

「小七海搬家的時候，我擅自把妳的行李從一般宿舍搬過來，讓妳嚇了一跳。因為一想到房間全都要住滿了，我就完全忍耐不了。我從以前就一直覺得，要是另一個人是小七海就好了。」

七海哭著點點頭。

「在那個地方度過的所有時光，對我而言是最重要的寶物。即使沒有什麼特別的事，每天都是我忘不了的回憶。」

這對空太而言也一樣。大家都一樣。

「尤其是最後這一年，連續發生了彷彿作夢一樣的事情。」

不想把目光從已扭曲模糊的視野裡的美咲身上移開。

「春天增加了意想不到的夥伴，就是已經身為畫家活躍於全世界的小真白。我喜歡小真白的眼睛，對她的眼睛一見鍾情。一開始小真白就用跟看別人一樣的視線看著我。無論什麼時候，都用如同看著其他人的目光看著我。」

「美咲。」真白用微小的聲音呼喚了她的名字。

「夏天的時候，為了舉辦小七海的歡迎會，曾經晚上偷偷潛入學校的游泳池。換上泳裝玩鬧，還在池畔吃著櫻花莊慣例的火鍋。最後被警衛叔叔發現，就慌張地逃走了。我跑在最前面，大家都跟了上來。」

七海大概是想起了沒穿內褲衝刺，被淚水沾濕了的臉微微地露出苦笑。空太也笑了。

「從游泳池回家的路上，跟大家一起仰望的美麗星空，鮮明地烙印在我的記憶裡。」

空太閉上眼睛，也立刻回想起來。秋天即將到來的滿天星空，彷彿什麼地方都去得了的那一天……在那之後過了半年，現在空太等人在這裡。雖然發生過很多事，但終於來到了現在這一刻。

「夏末還在櫻花莊的庭院放煙火。」

苦澀的回憶刺痛胸口。那是第一次挑戰「來做遊戲吧」報告的日子。什麼也沒發揮，只是被打趴在地的空太，回到家後受到櫻花莊的大家溫暖迎接。之後放煙火嬉鬧，讓空太忘了痛楚。因為一如往常的美咲與仁就在那裡，所以空太也能恢復成平常的自己。

也許就只是在一起而已。但是，就因為在一起，所以心靈也逐漸連結在一起。

即使沒有意識到，光是存在於那裡，就能成為彼此的力量。

即使回憶有所不同，美咲說的話讓畢業生與在校生內心都產生了共鳴。只要過著住宿生活，就會有學長姊與學弟妹互相合作的情況，只要參加社團活動，就會被時而嚴厲時而溫柔地對待吧。往前一看，有位把臉埋在手帕裡的一年級女學生，在她斜後方的男同學，則是拚命想隱藏淚水。真白的同班同學深谷志穗受到旁邊女孩子的感染，也跟著哭了起來。

無論是畢業生或在校生，每個人都回想起了曾經發光的日子，都沉浸在曾經閃耀的時光裡。正因為已經逝去，所以才覺得愛惜；因為已經無法回到過去，所以才感到難過不捨……每個人都想起了自己也曾有過那樣珍貴的瞬間。

「秋天的文化祭，櫻花莊的夥伴們一起製作了參與的作品。『銀河貓喵波隆』是我第一次跟別人合作的最棒傑作。櫻花莊的夥伴們，讓我實現了一直以來想做的事，讓我學會了什麼是與別人共同合作的喜悅。」

那件事真的讓人很開心。空太以前所未有最棒的形式，體驗了創作的喜悅，以及與夥伴共同分享喜悅的幸福。觀眾的狂熱與興奮，讓空太的身體因歡喜而顫抖。正因為知道了那個快感……正因為有了那個經驗，所以即使自己的狀況並不順利，卻還是不斷萌生想再嘗試的心情，還想再感受那種情緒高昂的感覺。那真的是最棒的一瞬間……下次想與真白及美咲共同創作——空太作著這樣的夢。

然而，即使撇開這些不談，文化祭的創作也是非常單純地令人覺得開心。

午休時間在頂樓開的策進會議，每次都談論得很熱烈。

也許會被認為太樂觀，不過即使因為預定失誤而導致日程危機時，也覺得只要有大家在總會有辦法。

最後的幾天幾乎都在熬夜，大家情緒高昂到了詭異的地步。

辛苦的事讓人很開心，忙碌變成了無限的能量。

正因如此，還想跟這些成員們一起做些什麼，還想不斷地創作。因為曾經快樂得讓人巴不得那樣的時光能夠一直持續下去。

這樣的記憶也同樣刻劃在大家的心中，令人感到很開心。能夠擁有同樣的時光、同樣的感覺及同樣的心情，就單純令人覺得開心。這不是僅屬於空太，而是屬於大家的回憶。

「冬天的時候，也發生過彼此發生衝突而導致氣氛尷尬的事。並非沒有過爭執或吵架，也會有自己不愉快或讓別人不愉快的時候。還曾有過因為不如意而覺得很痛苦，因此想逃離或試圖放棄不管的時候。」

沒錯，正是如此。在歡樂的日子背後，也有過相同程度的痛苦。有時察覺自己的渺小而變得厭惡自己，有時覺得沒有任何想做的事的自己很悲慘。甚至懷疑自己是否能達到目標而陷入不安……這種事也經常發生。

不過這種時候，仁總是會若無其事地與空太聊天，時而穩重，時而故意說出嚴苛的重話，也曾經為了空太說出自己沒出息的真心話。

美咲則是不由分說就把沒精神的空太耍得團團轉，把能量分給了空太。

「不過，在不如意的日子前方，今天這個日子終於來臨。不是每天都是大晴天，我認為因為有雨天，所以微小的感情種子才能發芽，並且綻放出新關係的花朵。因為不成熟而彼此傷害，所以也能彼此原諒。所以我在這個學校……在櫻花莊所體驗到的，全部都是不可或缺的重要經驗。」

即使美咲還說著櫻花莊的事，已經沒有人產生動搖了。會場籠罩在想聽完美咲致答詞的氣氛當中，連老師們也聽得入神。

胸口發熱、眼頭發熱，連內心都逐漸炙熱了起來。

空太已經把自己完全交給撼動全身的這份情感。

無須隱瞞，哭泣並不是丟臉的事，即使真心話全攤在陽光下也無所謂。

所以，要聽到最後。

毫無遺漏地傾聽，以身心接受、刻劃……

美咲最後的訊息。

「迎接畢業這一天的到來，充滿內心的情緒只有一個。想對在這個地方相遇的一切，致上感謝之意。感謝水高的所有同學，感謝支持水高的老師們，感謝住在這裡的所有人……感謝與我有關的所有事……請讓我說聲謝謝。」

無論是曾交談過的每句話，或是共同度過的每分每秒，都不可能正確無誤地完全記得，一定會有所遺漏。也許有很多到了明天就會忘記、像米粒般的小事。因為，我們曾經每天都在一起。

「最後，對於在櫻花莊相遇的最棒夥伴，我想獻上這些話。」

這微小顆粒的累積，每天一點一滴堆積起來。

「謝謝你們一直陪伴我到現在！比感謝還要更感謝你們。」

然後，空太的頭上變成了回憶的流星群，美麗地降臨了。

空太的淚水落在體育館的地毯上。

「所以，我不需要祝福的話語。我已經從櫻花莊的大家手上接受了好多、好多雙手也抱不完的滿滿幸福了！我今天將雙手懷抱著滿滿的幸福，從水高畢業！」

這時，美咲也終於哽咽了。吸鼻涕的聲音透過麥克風傳了出來。

過了大約十秒的沉默。

已經結束了嗎——正這麼想的時候，美咲再度抬起頭來，對著會場用力說道：

「現在，櫻花莊正面臨被拆除的危機。」

彷彿使盡最後的力氣訴說著。

「請不要破壞我……我們最重要的櫻花莊！拜託大家，請在場的各位把力量借給我們！」

美咲帶著因淚水而變得髒兮兮的臉，緩緩低下頭。

空太以眼角餘光尋找仁的身影。因為長得高，即使在隊伍中也很容易辨識。空太與環視周圍的仁視線對上了。他正在笑，他的眼睛在微笑，始終沉穩地笑著。這時，空太終於明白了。這番答詞是兩人一起準備的……

空太只覺得佩服，這根本就學不來。不愧是美咲跟仁，不愧是空太最喜愛的兩位學長姊。用這麼短的時間解救了一切，獲得救贖。

不論是空太在連署活動最後一天，什麼也沒能做到的後悔……或是活動未能開花結果的痛苦……甚至是七海因為忍耐而變更嚴重的傷痕……以及認為櫻花莊要被拆除，原因出在自己身上而把自己逼入絕境的真白的心……

還有，空太雖然下定決心參加畢業典禮，卻依然無法接受的心情，也全都獲得救贖……豪邁地用與眾不同的方式，拯救了一切的一切。被原諒了，被認為並沒有做錯，認同至今這段日子都有存在的意義……最後以很有櫻花莊作風的方式，溫柔地環抱了空太等人。

真正想要感謝的，應該是空太。

因為櫻花莊有美咲和仁的存在……所以才能度過如此美好的高中生活。雖然亂七八糟，卻也因為這樣才能經歷各種感情。因為被捲入麻煩事，才能度過盡情歡笑、盡情哭泣、盡情悲嘆，並且抬頭挺胸說自己比誰都要幸福的日子，度過了讓人想大聲炫耀的每一天。

同時，自己也能為了目標而努力。

「請把力量借給我們。」

直到最後，美咲與仁都沒有放棄，下定決心要守護櫻花莊。現在也像這樣守護了身為學弟妹的空太等人。

太棒了。能與這麼了不起的學長姊一起度過高中生活，只能說太棒了。

「給我適可而止！」

這時插話進來的人是滿臉通紅的校長。

「不要這麼任性，回座位去。」

「這並不是什麼任性。」

立刻過來支援的，是來到美咲身旁的仁。

「校長應該也知道她的名字吧。」

仁的態度始終沉穩冷靜。

「我當然知道。」

「不只是校長，我想全校學生都知道她是誰。」

仁說得彷彿在講自己的事。

「那又怎麼樣？」

「那麼，校長一定也知道這個吧。」

仁如此挑釁，實在是個好演員。

「原本水高畢業典禮的致答詞，是由『學年榜首代表進行』的。」

校長的臉色明顯變了。

「我記得，往年會由前學生會長致答詞的情況，通常是學年榜首謝絕，再不然就是前學生會長本身就是學年榜首。」

「即便如此，也沒有人同意你們可以擅自提畢業典禮的答詞。」

「可是，答詞的稿子應該已經提出過囉？今天早上，前學生會長館林總一郎應該有說要更換吧？」

「什麼！」

校長將視線朝向教務主任確認。

「因為是重要的答詞稿，應該不會因為嫌麻煩而沒看過吧？」

教務主任因為心虛而把視線別開了。

「總、總之，管你們有什麼理由，你們把畢業典禮當成什麼了！」

「是我們畢業生重要的舞台吧？」

仁這麼裝傻，校長已經達到忍耐的極限，向旁邊的老師們發出指示。男老師們湧上前，企圖制止美咲與仁。不過，在美咲被抓到之前，仁便從中阻擋。

仁立刻就被壓制住了。

美咲利用仁拖延的時間，輕快地跳上講台逃跑。其他老師們追了上去。

再這樣下去，美咲也很快就會被抓住。

空太一這麼想，身體就動了起來，毫不在意會弄濕制服的袖子，用力擦乾眼淚。現在不是哭的時候。空太跳離在校生的行列，跳上正中央的紅色地毯。

接著以丹田大喊：

「真正要說感謝的，其實是我們！」

瞬間，彷彿時間靜止了。畢業生、在校生、教職員、家長、來賓……現場所有人的注意力都集中在空太身上。不過，那又如何？

空太毫不在意。

「因為學長姊們溫暖地接受在一般宿舍待不下去的我們，所以我們才有今天！」

「別說了，神田。」

從後方接近的男老師架住空太。

「怎麼能不說！」

空太對背後的老師大喊。可以察覺老師瞬間嚇了一跳，即使如此，加上後來過來幫忙的其他老師，空太被兩人的體重壓制在地上。

不過空太不打算就這樣閉嘴。

身體已經完全靠感性動作了。

「被趕出一般宿舍……不知道未來如何是好而感到不安的我們，是學長姊為我們提供了櫻花莊這個容身之處！」

即使喉嚨都嘶啞了，只有這份心情一定要傳達出去。

「沒有與周圍格格不入！也不是孤單一個人！有歡笑、有哭泣……雖然也許跟一般不同，不過多虧了學長姊們，我們才能過最棒的高中生活！」

「給我適可而止。」

空太的頭被強壓在地板上，終於沒辦法發出聲音。

「嘎嗚！」

只能發出野獸般不成言語的吶喊，實在是叫人不耐煩。

「不管發生什麼事，學長姊們總是會跳出來成為眾矢之的。當我們感到猶豫的時候，你們總是會先起身行動並且拉我們一把！就連今天也是，事前完全沒告訴我們要做這樣的事！」

如此扯開喉嚨大喊的人，正是七海。聲音響遍整個體育館，任誰都聽得很清楚。

好開心，因為七海幫自己說出了想說的話。

停不下來。滿溢出來的情感停不下來。

七海也被拚命想阻止她的老師抓住手臂。

空太使盡力氣，把臉抬起來。

視野角落看到了白皙纖細的腿。空太對這雙腿有印象。是真白。

「我喜歡櫻花莊。」

雖然絕對稱不上大聲，不過真白堅毅的聲音，在體育館裡擴散開來。

「不要奪走我們的櫻花莊。」

似乎就連老師也不敢對真白出手。因為要是讓她受傷了，麻煩的反而是他們自己。

全場再度安靜下來。

某人趁這個時候開口說話了。

「快說啊，神田！」

劃破寂靜的一道聲音。是聽過的聲音。

「櫻花莊不是只有這點程度吧！」

那是宮原大地的聲音。

「七海，加油！」

繭與彌生的聲援緊接著傳了過來。

「椎名同學，加油！」

這次則是以志穗為中心的美術科二年級生。

一位老師大聲責備，要大家安靜。

不過，卻是反效果。

「上啊，櫻花莊！」

「櫻花莊，讚喔！」

「請加油！」

「這才是櫻花莊！」

接二連三地傳出聲音。有畢業生、在校生、一二年級與三年級生，男同學與女同學都有。

空太被壓制住，環視周遭。不管是左邊還是右邊，都是認識的臉孔。幾乎都是這兩個星期以來認識的臉。

空太等人確實沒有收集到全校三分之二的學生連署，不過收集到了大約四百人的連署……而現在這些成為了空太等人的力量。

大家跟著打拍子，響起了「櫻花莊歡呼」。

這兩個星期的連署活動並沒有白費，空太等人期盼留下櫻花莊的心情，已經傳達出去了，拚命的情感已經傳達出去了。

與剛才不同意義的眼淚滿溢而出。是與人心相同溫度的溫暖眼淚。

已經沒有什麼好害怕的了。

「把話說到最後！神田！」

大地的話從背後推了空太一把，空太就這樣背負著老師站起身來。

用力把氧氣吸到肺裡。

接著，彷彿宣言般再度吶喊：

「我們還想再跟學長姊們在一起！還想一起做更多的蠢事！還有很多很多事都還沒做！」

櫻花莊歡呼自然停了下來。

「學弟！」

美咲從講台上跳下來，筆直跑了過來。

「什麼都沒辦法回報你們！我們總是受到照顧，卻什麼也沒能回報給學長姊們！請不要對我們說感謝！其實我根本就不希望你們畢業！接下來的日子也還想跟你們在一起！」

即使難看也無所謂，只要能把想表達的心情全部表達出來，怎麼樣都無所謂。

跑過來的美咲，在空太眼前停下腳步。終於被追上來的體育老師給抓住了。

「沒問題的。」

即使被老師從背後架住，美咲的聲音依然溫柔。

「因為學弟還有一年的高中生活啊。」

並且露出開朗的笑容。

「可是，學長姊們不在了！」

空太的臉，已經沾滿了淚水跟鼻水。

「所以啊，學弟要與接下來入學的學弟的學弟們，度過不輸給我們曾經共度的時光，最棒的一年！」

全場都屏住氣息，注視著櫻花莊住宿生們。

「我們沒能做的事、還沒做的事，全部都要去做喔！」

「學姊……」

「上井草學姊。」

「美咲……」

七海與真白也哽咽了。

「所以，不要哭哭啼啼的！」

美咲伸手指向他們這麼說著。

「我會為學弟加油的！我會為大家加油的！我會為櫻花莊加油的！」

美咲都已經這麼說了，當然也只能做了。

「怎麼不回答？」

即使被老師拉著，美咲還是這麼問道。

「是……」

好不容易擠出聲音。

「沒有精神！」

空太對真白與七海使了眼色。三個人同時點頭之後，帶著情感打從心底回應：

「是！」

這時，空太再度被壓制在地上。

「咕！」

肺部遭到壓迫，發出含糊的聲音。美咲雖然也在抵抗，不過看來對手是五名老師，似乎也逃脫不了了。

收拾會場的混亂，終於逐漸恢復平靜。不過，卻沒有了畢業典禮原來的緊張感。

現場飄盪著掃興的氣氛。沒有人開口說話。已經無法恢復到原來的樣子了。

「真是的。」

在尷尬的氣氛中，有人說話了。

一個腳步聲逐漸靠近。空太被壓制住，好不容易轉過頭去，發現龍之介一副受不了的表情出現在正中央的紅地毯上，逐漸往空太靠近。

「這世界上還真是走到哪裡都盡是些蠢蛋啊。」

「赤坂。」

「你說什麼？」

體育老師立刻想抓住龍之介。

「就是這個樣子，所以我才會說你們的課根本不值得聽。」

龍之介依然毫不畏懼，以平常的傲慢態度直接了當地如此說道。

感覺得到老師的血液衝向腦袋。

「你還不明白嗎？察言觀色一下吧。整個會場已經確實站在我們這一邊了。」

停下腳步的體育老師試探性看著周遭。

如同龍之介所說，包含來賓與家長在內，對部分採取強硬手段的老師們投以冷漠的視線。

體育老師喉頭哽住，低聲呻吟著。

「老師們也該承認了吧？」

如此說著從畢業生行列裡走出來的，是個意外的人物。前學生會長館林總一郎。

「我聽說原本櫻花莊就是為了讓藝術科學生不受社會框架限制，發展才能所設立的宿舍。」

他的聲音彷彿朗讀著課本般沉穩。

「無論事情經過為何，在櫻花莊生活的他們，不是已經成為符合櫻花莊原來存在意義的學生了嗎？」

也許被社會排除在外，不過相對的也擁有像美咲或真白那樣無與倫比的才能。

空太稍微思考了一下是否該乖乖覺得高興。因為這樣根本就完全被當成怪人了。

「我並不是說不守規定的他們是對的。老實說，我覺得他們根本是問題學生。不過，在水高度過了三年的歲月，在內心某處，我確實是很羨慕櫻花莊這些不隨波逐流、忠於自己想法，並且強烈結合在一起的人。會這麼想的人，恐怕不只我一個吧。」

宛如同意總一郎的說詞一般，無論是畢業生或在校生，每個人都微微低著頭，就像要把視線從過去自己的心虛別開似的……

被壓制住的仁，很滿足地看著這個情況。

「現今社會上，只要做了與別人不同的事，就必然會產生摩擦，並且顯得格格不入，這確實是事實。因此，我們自然學會了躊躇，誤解了協調性的意義，逐漸習慣去察言觀色。不過，我認為有時候會把這當作除罪的藉口，不正眼看待可能性，在還沒開始前就躲在殼裡，只是越來越擅長尋找不動手的理由，以及停下腳步的藉口。其實真正應該去面對的，是開始以及繼續下去的理由才對。」

每個人都嚥了口水，聆聽總一郎說話。

「正因如此，如果可以，我很想對過去躲在膽怯的殼裡的自己說，迎接畢業的這一天……別再猶豫了。」

總一郎緩緩吐了口氣。

「教會我這些事的人並不是老師，而是櫻花莊的這一票人。沒能度過像他們這樣的高中生活，是我這三年來唯一的遺憾。」

總一郎以真摯的眼神凝視著校長，彷彿在傾訴什麼一樣。

他不再開口說話時，畢業典禮的會場面臨不知道第幾次的寂靜。

大約過了十秒，擔任司儀的千尋手握麥克風說：

「校長，可以在這個現場進行決議嗎？」

「什麼意思？」

「全校學生剛好都集合在這裡，可以決議是否贊成撤回拆除櫻花莊一事。」

教務主任在校長耳邊說了悄悄話。

校長稍微想了一下，點了點頭。大概是判斷為了收拾這個情況，也只剩下這個辦法了。

「那麼，剩下的就交給你了。」

千尋把麥克風遞給被放開來的仁。仁毫不猶豫地把麥克風推給總一郎。

「為什麼是我啊？」

總一郎小聲地向仁抱怨。

即使如此，他還是理解了這也沒辦法，便把麥克風湊到嘴邊。

「那麼，贊成撤回拆除決議的人請舉手。」

「那樣一點也不有趣啦～～！」

這時美咲插話進來。

「不然，要怎麼做？」

美咲不理會提出不滿的總一郎，跑上講台。接著，拿下別在胸前的櫻花飾品，高舉在頭上。

即使不說明其中的意義，在場全部的人也已經明白了。

空太撿起因為剛才的騷動而掉落的花飾，轉過頭去，看到真白、七海，還有龍之介都在身旁，手上都拿著櫻花。

只有一個想法。

「那麼，贊成的人……」

總一郎的聲音沒能清楚地聽到最後。

下一瞬間，體育館被狂熱與興奮包圍。

早一步開始綻放盛開的櫻花。

4

輕薄的雲朵，悠游在三月清透的天空。

「天空好藍啊。」

仁心情很好地說著。

「是啊。」

空太的回應很沒精神。

「怎麼啦？學弟，垂頭喪氣的樣子。」

「當然會垂頭喪氣啦！為什麼畢業典禮這一天，我們要在外面罰站啊！」

這是前所未有的事態。

之後……為了回收被丟出去的花飾，休息了幾十分鐘，典禮才從致答詞的部分重新進行。

只是引起問題的空太等人——櫻花莊住宿生不被允許參加典禮，被罰排一列站在體育館外。

「總比被強迫毫無意義地坐在狹窄的空間好。」

龍之介操作智慧型手機，正在進行某項作業。

「能夠這麼想的你實在是很了不起啊。」

從體育館裡傳出總一郎朗讀的正經答詞。

「這種情況之後，前學生會長也很難做人了吧。」

仁對這狀況完全樂在其中。

「實在是很讓人同情。」

不過，總一郎也提供協助了，不然美咲應該沒辦法致答詞。

「仁學長。」

「嗯？」

「那個是從什麼時候開始準備的？」

「那個是哪個？」

「答詞啦。明明自己很清楚，請不要還這樣反問我。」

真白與七海大概感到好奇，也等著仁的回答。

「嗯，還剛開始的時候吧。要是連署能夠成功，那當然是最好的。要是不行，就要先擬出備案。因為不保證會成功，所以我也挺擔心的。還好很成功呢。」

「幹嘛不先告訴我們啊？」

「就是說啊。」

七海怨恨地訴說著不滿。

「要是說了，青山同學一定會反對吧？」

「那當然啊。不過就算我反對，學長姊還是會做吧。」

確實如此。

要是會聽勸而罷手，一開始就不會去做了。

「不要這樣責怪我們啦，至少最後讓我們做點有學長姊風範的事吧。」

口氣輕佻的仁，不知道哪些才是真心話。

「不過，確實是很精彩的戰略。」

龍之介依然看著智慧型手機的螢幕。

「以致答詞來誘導人心，接著讓大家看到老師們不恰當的處置，並且製造出不得不反對拆除櫻花莊的氣氛之後，再進行表決。在那樣的狀況下，即使沒有連署的學生也會跟著起鬨丟花。」

「被你這麼一分析，總覺得聽起來很像是什麼嚴重的詐欺行為耶。」

似乎也有些像是洗腦。

「總覺得你說得沒錯。」

七海的表情變得僵硬。

「因為即使每個人有所差異，但畢業典禮本來就多少會沉浸在感傷的氣氛裡吧？一想到我們利用了這一點，就……」

確實，胸口被罪惡感刺痛著。

「仁學長，你該不會連這個都計算在內了吧？」

「不要把我講得好像窮凶惡極一樣啦。只不過，我認為想突破道理，就只能仰賴情感了。畢竟，人還是感情的動物。」

「結果是完美的就好囉，小七海！」

「妳所謂的結果，是我們在畢典禮當天在外面罰站耶……」

七海一副受不了的樣子。

「不過，太好了。」

真白喃喃自語。

「真的是太好了。接下來也能在一起。」

「嗯，是啊。」

因為櫻花莊平安無事，拆除一事已經取消。明年也能一起在這個地方生活。

「櫻花莊是永遠不滅的喔～～！」

美咲向天空高舉拳頭，空太也緊接著吶喊「不滅啦！」，這時體育館的門被打開了。

「你們可不可以安靜一點！」

傳來了責罵的聲音。

「空太害我們被罵了。」

「神田同學，要安靜點喔。」

「為什麼不責怪美咲學姊？這樣很奇怪吧？」

大家不由得笑了出來。這又不可思議地讓人覺得好笑，大家全都笑開懷。

「不過，要我們安靜是不可能的吧。」

仁露出壞心眼的笑容。

「是啊。」

對此只能表示同意。

他以為站在這裡的六個人是誰啊？我們可是問題學生的巢穴——櫻花莊的學生呢。

這時，門再度打開了。

還以為又要挨罵了，沒想到卻是千尋走了出來，悶不吭聲地加入空太等人的行列。

「老師，怎麼了嗎？」

「校長叫我也出來罰站。」

「謹表哀悼。」

「真是的。之後只能盡情欺負神田來發洩了。」

「妳本來就該被罰站！」

這時候，有四個人影逐漸靠近。一看到他們的臉，眾人自然發出驚愕的聲音。

「咦？為什麼？」

原本不可能出現在這裡的人。

「千石同學拜託我們來，說是希望我們協助阻止拆除櫻花莊。」

如此回答的是站在最前面的和希。其他三個人也差不多是同樣年紀，不，應該是同年，因為曾經在電玩雜誌的報導上看過。那是初期通過「來做遊戲吧」的審查，並且與和希一起製作遊戲的成員。之後，四個人成立了公司，現在已經是擁有上百位員工的軟體公司中堅人物。

「不過看起來已經輪不到我們出場了。」

相對於挖苦般的說詞，和希的表情看來卻非常愉快，就像是對於輪不到自己出場感到高興。

「藤澤，我們先走囉。」

最後面看起來很難相處的男性，帶著另外兩個人往校門走去。

「你也趕快回去吧。」

「都把人叫出來了，未免太無情了吧。」

確實是很無情。不過，千尋無情也不是一天兩天的事了。

「好不容易才想讓千石同學欠我人情，然後再邀妳出來約會的耶。」

對於這番發言，美咲、仁、七海都明顯做出反應。真白大概也感興趣，大大睜著雙眼。

「你就是這樣才沒用。就算沒藉口，只要能讓我免費喝酒，我隨時都會接受你的邀約。」

千尋把臉撇開，如此說道。

「那麼，等我順道去了銀行之後，再跟妳連絡囉。」

和希開玩笑似的笑了笑，之後便離開了。

空太等人的視線集中在千尋身上。千尋假裝沒注意到。

「千尋的春天也來了呢。」

千尋即使被仁調侃，也沒打算回應。

畢業典禮看來進行得很順利，致贈紀念品的流程也已經結束。

過了一會兒，體育館內傳出管弦樂的伴奏聲。

開始合唱畢業歌。

從半掩的門縫往裡面看，看到了正優雅演奏小提琴的沙織。

每年的畢業歌都是由三年級生投票決定想唱的歌曲。今年則是曾被選為ＮＨＫ奧運官方主題曲的流行歌曲。

前奏結束之後，充滿魄力的大合唱湧現。

稱之為合音還太拙劣，音準也亂七八糟，卻滿載了各自的情感，擁有表達訴求的力量。

引發共鳴的歌詞刺痛胸口。配合歌曲，想起了昨天的自己，便覺得快要窒息了。喚起以前的回憶……喚醒至今為止曲折的路程。

首先唱出聲音的人是美咲。她朝著天空舒暢地放聲歌唱。

接著，過了一小節，仁也將自己的聲音重疊上去。

空太與真白、七海對看一眼，也一起放聲歌唱。

龍之介困惑地笑了笑，即使如此，還是發現他的腳正跟著打拍子。

今天，美咲與仁畢業了。

一想到這裡，眼淚又奪眶而出。不想收起眼淚，只是放聲高唱，想藉由歌唱傳達某件事。

所謂的某件事，大概是指接下來還有無限的未來。今天並不是結束，而是嶄新的開始。

5

重新舉行的畢業典禮，比表定時間晚了一個小時，終於順利結束。

結束之後，空太、真白、七海、美咲、仁、龍之介六人被帶到校長室，接受了大約兩個小時的說教。中途千尋也加入空太等人的行列，被教訓了一番。

明明是來自校長寶貴的訓話，卻因為不斷重複「你們幾個實在是……」這句話，中途便開始忙著數他到底說了幾次，結果腦袋裡什麼也沒留下。

「以後要特別注意……話雖如此，今天你們兩位就畢業了呢。」

最後校長硬是做了總結。

在離開校長室前，真白親口告訴校長自己是為了成為漫畫家才來日本的。雖然校長一臉無法置信的表情，不過在那樣的畢業典禮之後，大概也不想說什麼了吧。正因為是在畢業典禮之後，校長應該也能理解真白是認真的。

校長承諾尊重真白的意思，並將對理事會說明原委。

空太等人離開校長室，已經是將近下午兩點的事了。

「啊～～好累。今天真是慘兮兮。」

仁緩緩走在前往校門的路上，一邊伸著懶腰。

「還不是你害的……」

六位學生與一名老師，隨意排列往前移動。仁與美咲的手上握著裝了畢業證書的筒子，美咲還把它當成指揮棒把玩。

「沒想到畢業典禮這天會被說教。」

說著嘆了口氣。

對於仁與美咲來說，這可是最後一個上學日。
所有人穿過校門，自然而然停下腳步，轉過身面向校舍。
「該說三年來承蒙照顧了嗎？」
仁雖然開玩笑似的說著，眼神看來卻有些寂寞。
「承蒙照顧了～～！」
美咲緊接著開口。這個人則是完全開朗到不行。
沒有人特別發出指示，大家再度三三兩兩地邁開腳步。
空太與仁殿後，前面是龍之介，再往前是千尋，最前面則是以美咲為中心，與真白和七海走在一起。
七海從走出學校便一直低著頭，吸著鼻涕。
「小七海是愛哭鬼！」
「我才沒哭呢。」
不，明明顯然在哭。
「根本就沒說服力……」
小小聲地吐槽後，轉過頭來的七海以銳利的眼神瞪了一眼。
「有在哭。」

放著不管就算了，真白卻還落井下石。

「我沒在哭啦！」

「那從妳眼睛流下來的是什麼？」

這次輪到千尋。

「那是……」

七海為之語塞。

「那一定是口水了。」

真白說道。

「對啦！」

七海開始用奇怪的方式自暴自棄。

「真是骯髒的女人。」

龍之介自言自語。

「全都是上井草學姊害的啦……那樣實在太卑鄙了……」

七海接著嘀嘀咕咕地發起牢騷。大概是指致答詞的事吧。

「空太趕快安慰她吧。」

仁從背後推了空太一把，空太往前走去。

「學弟，擊掌！」

雖然搞不太懂狀況，不過與美咲擊掌後，兩人變換了位置。空太走到真白與七海之間，美咲退到仁的身旁，挽著他的手臂。

感情好是件好事。

「我真的沒在哭喔。」

眼睛紅通通的七海瞪過來。

「我知道啦。」

「真的嗎？」

「真的啦。」

「那就好……」

她像鴨子般噘起嘴。

穿過兒童公園時，美咲突然玩起了猜拳。回過神來，就連龍之介跟千尋也被牽扯進來，最輸的人要幫所有人拿東西。

贏了猜拳也笑，輸了也笑。真白輸了的時候，空太被迫成為搬運工。

猜拳猜膩了，就開始玩捉迷藏，又膩了就開始其他的遊戲，就這樣一邊玩一邊走回家。不管做什麼都很快樂，歡笑聲從沒斷過。

就這樣，平常只要走十分鐘的路程，這天空太等人花了一個小時才回到家。

抵達櫻花莊後，今天就要結束了。大概正因為每個人都有這樣的感覺，所以才會像蠢蛋一樣花了特別多時間。

即便如此，還是逐漸接近櫻花莊，走過緩坡，回到空太等人住慣的老舊木造兩層樓公寓建築。

大家一度停在門前，沒有人開口說話。

「空太。」

第一個開口的人是真白。

「什麼事？」

「照片。」

「喔喔。」

被她這麼一說，空太就懂了。這麼說來，之前曾經跟真白說過，在美咲與仁畢業之前，所有人要來拍張照。就在櫻花莊前……

「我就想到會有這種事，所以隨身帶著數位相機喔～～！」

美咲從書包裡拿出銀色的數位相機。

沒有人發牢騷。

美咲把數位相機拿給空太後，衝進了櫻花莊裡。

「學姊，不是要拍照嗎！」

完全搞不懂是怎麼回事。

美咲不理會茫然的空太等人，很快地帶著七隻貓回來。

看來似乎是想讓貓咪們也一起入鏡。

「來吧，要拍囉，學弟！」

氣勢十足。

空太把門當作三腳架，將包含貓咪在內的所有成員收進鏡頭裡。接著，設定好時間。

「快點，學弟！」

「我知道啦！」

「學弟，這裡！這裡！」

衝刺滑進美咲為自己保留的正中央的位置。

微微向前蹲避免擋到別人的這一瞬間……

「喔！」

伴隨著勇猛的吆喝聲，美咲跳上了空太的背。

「等一下，上井草學姊！」

「美咲，太狡猾了。」

站在兩旁的真白與七海，比空太早一步提出抗議。

真白立刻抓住空太的右手臂。

「妳在幹什麼……」

這句話沒能講到最後。空太背上的美咲說著「耶～～」向鏡頭擺出勝利姿勢，又因為頭上還有一隻貓，結果完全失去平衡而向前倒下，被壓垮在地上。

在貓叫聲中，隱約聽到快門的聲音。

「趕快來看看，到底拍了什麼樣有趣的照片。」

仁馬上前往確認。

空太還趴著被美咲壓在地上。

「美咲學姊，請趕快讓開啦！」

「為什麼？」

「因為我不是馬啦！」

現在並不是該正常回應疑問的時候。

「喔，拍得很不錯嘛。」

看著照片的仁露出很滿足的神情。

也讓還被當成美咲坐騎的空太看了照片。

美咲從背後探頭出來看，噴在脖子上的氣息感覺有些搔癢。真白與七海則從兩側探出頭來。

正如仁所說的，照片拍得很不錯。不過一點也不像紀念照就是了……

照片意外捕捉到空太摔倒的一瞬間，拍到空太開著嘴、慌張的癡呆樣。背後則是滿臉笑容、對著鏡頭比出勝利姿勢的美咲。

抓住右手臂的真白，帶著不滿的視線看著空太。不，看起來有點像是在鬧脾氣地瞪著空太。

站在另一側的七海，則是有些害羞地低著頭，拘謹地用手指抓著空太的手肘邊。動作可愛得讓看照片的人都不禁要害羞起來了。

視線集中在七海身上。

「這、這個，不是啦。」

「我什麼都還沒說喔。」

仁壞心眼地笑了。

「只、只是因為神田同學的手肘上沾到東西而已。」

「算了，既然青山同學這麼說了，那就當作是這樣吧。」

「說、說的也是。」

不知如何是好的空太，順勢抓住了仁伸出的援手。

在一旁的真白來回看著空太與七海，彷彿陷入沉思般低聲喃喃。

總之，空太先假裝沒注意到，繼續看了照片的其他部分。

「話說回來，這張照片……只有美咲學姊看著鏡頭嘛。」

仁竊笑著看著快倒下的空太，千尋則是把臉撇開打著呵欠。龍之介竟然還從書包裡拿出平板電腦玩，完全不把相機鏡頭的存在當一回事。當然，貓咪們也是各做各的……

不過，不論是誰都會覺得這樣比較有櫻花莊的風格吧。雖然實在不像紀念照，卻也沒有人提出要重新拍。

三月八日

這天的櫻花莊會議紀錄上，貼了一張照片。

第五章
啟程的日子

1

畢業典禮當晚，慶祝派對一直持續到深夜。話雖如此，其實也只是在櫻花莊飯廳裡煮火鍋，互相搶著配菜，就像以前一樣，一起度過熱鬧喧囂的時光。

在這樣喧鬧的祭典結束後過了一晚，櫻花莊裡又急速恢復日常生活。

空太、真白、七海、龍之介四個人，理所當然地還有第三學期，不得不去學校。

空太叫醒睡在桌子底下的真白，幫她準備換穿的衣服，整理好睡翹的頭髮，再讓她吃早餐……完成平常早上的工作後，一起去上學。

與以往不同的是，要走出玄關的時候——

「慢走～～！」

「路上小心喔。」

由美咲與仁如此目送大家出門。

美咲這時彷彿復活一般，把所有的時間都用在因為進行連署活動而停擺的動畫製作上。作業好像漸入佳境，讓人懷疑她是什麼時間才睡覺的。

仁則開始慢慢整理房間。在去大阪之前，好像還有些時間卻又不是那麼充裕，還要到那邊去找房子、辦理入學手續、與家人或朋友聯繫，也忙碌地到處奔走。

即使如此，仁與美咲兩人似乎一有時間就會討論今後的事。仁要去念大阪的大學；美咲直升水明藝術大學的影像學系。兩人之間多出了搭新幹線要兩個半小時的距離。

不過，彼此的意見似乎是平行線，就空太所看到的，實在不覺得有什麼進展。

「我說啊，美咲。我應該說過我要在這四年內，專心學習寫劇本吧？」

「嗯，所以就折衷，一起住在名古屋吧。」

「每天搭新幹線上學嗎？那還真是帥氣啊。」

「就是說吧！」

相對於滿臉笑容的美咲，就連仁也只能直搖頭。兩人之間的想法差距太大，幾乎每天都在進行類似的對話。

不過這是屬於兩人之間的問題，空太也只能默默關切守護。

過了一星期之後，期末考來臨，空太等人也沒辦法太悠哉地度過剩下的時間。

不過，這樣就好了。

美咲與仁畢業後，即將離開櫻花莊。

只要想開口，就會有說也說不盡的情感湧現。

不管有多少時間都不夠用，彼此想說的話，畢業典禮時應該都已經說了。所以，這樣就好了。

一如往常地度過剩下的時光，相信其中必定有意義。

正因為大家都有這樣的想法，所以櫻花莊才會是這麼平穩的氣氛吧。

期末考結束後，空太也逐漸開始面對資格審查會的結果了。

期末考最後一天的星期五晚上，和希挪出時間為空太仔細說明審查會的氣氛、參加成員的反應、審查時的提問以及新創意等。

聽完和希的說明之後，空太有幾乎一整個星期陷入完全失魂的狀態。

老實說，又變得更不知該如何是好了。

從和希那邊聽到的審查會內容，其實並不差。

如同之前和希所說，最主要的失敗原因，是因為有同樣是音樂遊戲的主題排在同一天的審查會。而且預測競爭的另一方銷售數量高出許多，而且被判斷可信度很高。

比起這樣的情況，倒不如被明確指責是能力不足要來得好。

完全搞不清楚到底該反省什麼，下次該做些什麼。這跟自己以前的經驗與習慣完全不同。

在討論的時候，和希並未對困惑的空太提出明確的建議。

和希一定知道解決方法，一定知道答案。不過，空太卻不想問。

因為在內心某處覺得必須靠自己爬起來，並且找到前進的方向。所以，即使只有一點點也無所謂，空太已經下定決心要治癒落選的創傷，並且做好再度踏上起點的心理準備。

「藤澤先生，這一次承蒙您多方的照顧了。真的讓我學習了很多。」

兩人道別的時候，空太這麼說了。

「加油。」

和希只是這麼說完便溫柔地笑了，表情看起來像是對什麼感到懷念似的。

空太恢復像人類的思考，是在考卷全部發還的時候。

每經過一天，雖然步調很慢，但空太逐漸能了解不知如何應付的未知敵人是什麼了。

給予重大契機的人正是真白。

放學回家的路上，空太想買電玩雜誌而到了車站前的書店，在裡面看到了連載真白漫畫的少女漫畫雜誌。真白所畫的女性角色上了封面，這一期的扉頁彩頁也是真白的漫畫。

在手繪的彩頁上，一句對白也沒有，只靠距離感完全表現出男女因吵架而尷尬的氣氛。跟她剛來到櫻花莊的時候相比，在漫畫上表現的情感描寫有了明顯的進步。

不過，真白從未以此為傲，當然也從沒炫耀過。

即使出版社寄來樣書，她也只是大致翻過，立刻就像什麼事也沒發生一樣，再度回到書桌前，專注畫下一次的原稿。

真白專心地不斷畫漫畫的背影，教會了自己。

在有限的框架裡，真白也確實擠下別人，獲得現在每個月的連載漫畫。贏得封面、扉頁彩頁的寶座，也因此每天面對原稿，直到累得睡著為止。即使贏了，她還是持續努力。真白在這樣的舞台上一路過關斬將，並且取得勝利。

敵人存在於自己心裡，也存在於外在。空太所挑戰的資格審查會，也是彼此競爭有限的預算，就像是大風吹搶椅子遊戲的戰場。

在突破報告關卡之前，是對自己的戰役。好不容易勝利之後，才能打開第一道門。天真地期待道路會就此開啟。不過，等待著充滿成就感的空太的，卻是看不見盡頭、無限遼闊的世界。

穿過第一道門所來到的地方，是競爭的世界。

接下來，則要與世上所有的遊戲競爭。即將被製作出來的所有遊戲，都會阻擋空太的去路。就連和希做的遊戲，也會成為對手，不得不去競爭。

一想到這裡，腿幾乎快癱軟了。

不過，要是因為顫抖而停下腳步，就會看不見自己想看的景色，無法到達真白所在的地方。

人外有人，天外有天。

並不是知道能與廣闊的世界競爭就結束了。下次，人將會在另一個更高的次元，再度回到與自己的戰役。就像現在的真白一樣。

這大概是永無止境的戰役。不，也許是自己決定結束的戰役。一旦感到滿足，那就是終點了。不過只要不覺得滿足，就會是永遠沒有終點的道路。由自己去開疆拓荒，為了找尋自己的方向，去開拓道路。如果沒了光亮，即使要切開黑暗也在所不惜……

雖然還有些懵懵懂懂，不過空太總覺得自己明白了。以前一直看不到的真白，雖然現在依然看不到，不過自己大概知道還有幾道門、還有多少距離。

要是通過資格審查會，可能就不會察覺到這些事了吧。正因未能企畫化，所以停下腳步，看看四周，有了重新檢視自己的時間。多虧如此才能走到這一步。

雖然有一半以上是因為不服輸，不過自己已經能夠說出這樣就好了。

這麼一來，臉頰的肌肉也自然放鬆了。

「空太，好像很開心的樣子。」

「不，我沒有很開心啊。」

「你在笑。」

「誰在笑了……」

空太摸著臉頰確認，發現肌肉放鬆了。

「很噁心。」

「就算妳真的這麼覺得，也偷偷放在心裡就好了！」

「不可能的。」

「總是會有辦法吧！」

「我已經壓抑不住這份情感了。」

「這個台詞，我比較想在其他場景聽到！」

空太已經開始能在上學途中與真白這麼聊天了。

自己能這麼平靜，大概是受到比空太更多的打擊、比空太還要茫然過日子的七海就在身邊的關係。

開始進行連署活動的時候，七海打工的輪班已經減少為每星期三天，畢業典禮之後，也還維持著悠哉的步調。

以往排在每週末的課程也已經結束，因此多了很多時間。

昨天是星期六，空太到院子曬衣服的時候，看到七海坐在走廊邊茫然望著天空。今天星期日，到飯廳去拿飲料的時候，看到她用手托腮看著時鐘。

「週末還真是漫長啊。」

甚至還說出這樣的自言自語。

空太出聲叫她：

「青山？」

「什麼事？」

「沒有……只是覺得妳看起來很閒的樣子。」

「因為突然多出了很多時間，不知道該怎麼辦。」

七海帶著有些不好意思的表情說道。

不過，這樣就好了。對於現在的七海而言，休息是必要的……

「有時間的話，要不要到處走走玩玩？」

不知道是不是因為這句話，期末考一結束，七海就跟班上同學去唱卡拉ＯＫ，還到隔壁車站逛街去了。

不過，太陽下山後一回到櫻花莊，不知為何卻露出疲累的表情。

「不好玩嗎？」

「倒也不是啦，只是……」

「只是什麼？」

「出去玩樂，就會有種罪惡感……或者該說靜不下來。」

七海補上「真是吃虧的個性呢」這麼一句話，結果還是最常待在飯廳裡發呆。

從畢業典禮的隔天起，牆上就裝飾著一幅畫。

是真白畫的櫻花莊。

只是有些地方跟之前不同。

與貓嬉鬧的空太身旁，多了真白蹲著的身影。她的手伸向白貓小光，溫柔地撫著牠的背。

不過，實際上只要真白想伸手撫摸，貓咪就會逃走……

前幾天也跟美咲一起挑戰餵貓咪吃飯，不過完全沒有貓想吃真白手上的飼料，七隻貓都圍繞在美咲身邊。

「妳對貓咪們做了什麼啊？」

「空太沒教育好。」

「不對，問題絕對在妳身上。一定是野生本能感覺到了危險。」

「野生，還真厲害。」

真白說著，很羨慕似的看著與貓咪嬉戲的美咲。

看膩了之後，真白便仔細看著畢業典禮當天拍的照片。

「妳喜歡這張照片嗎？」

「不知道。」

不然為什麼會看得那麼入神呢？空太幾乎每天都會目擊真白看著照片的身影。她緊閉著嘴唇，像是在思考什麼似的。雖然也許只是自己想太多了……

「知道了再告訴我吧。」

「嗯……」

就像這樣，時光不經意緩緩流逝，終於第三學期也即將結束。

接著，春假開始。又過了幾天，仁出發的日子很快就來臨了。

2

三月二十八日，星期一。一大早就是萬里無雲的晴空。

發動汽車引擎的美咲催促著，空太便到１０３號室去叫仁。

「仁學長，差不多該出發了。」

只剩下床鋪與書桌的房間裡，仁背對著門站在窗邊。

「仁學長？」

「我聽到了。」

仁轉過頭來，環視沒了生活感的房間。上午已經請搬家業者先把行李送過去了。即使是六張塌塌米大的房間，東西變得這麼少，看來就顯得很寬敞。

「總覺得很奇妙呢。」

仁彷彿自言自語般喃喃說著。

「原本覺得這是我的房間，不過一旦變得這樣光溜溜，意外地就覺得沒有什麼好眷戀的。」

「以仁學長的情況來說，應該是因為老是在外面過夜吧。」

「在學長要出發的時候，竟然說這麼過分的話啊。」

「我只是說出事實而已。」

空太與仁嘴角都帶著笑容。像這樣的對話，今後也將不復見，讓人覺得好寂寞。雖然寂寞，但已經不再說出口，也不表現出來了。

「那麼，走吧。」

拿起放在門口的包包，仁很快地走向玄關。

穿上鞋子，繫緊鞋帶。走到外面，只回頭看了櫻花莊一眼。

正好迎接盛開時期的櫻花，彷彿在祝福仁啟程出發。

「……」

仁將櫻花莊滿滿收進視野裡，什麼話也沒說。

他的側臉正微微露出笑容。

他到底在想些什麼呢？

雖然很想問看看，不過仁一定會顧左右而言他，不肯說出來吧。所以空太也決定不開口問。

有些事最好是留藏在自己心中。

況且，只要再過一年，空太也會了解。一年後再知道就好了。

美咲坐上在櫻花莊前迴轉的車，仁坐在副駕駛座，空太則坐在副駕駛座後面。隔壁是硬被拉進來的龍之介，第三排則是真白與七海。

所有人要送仁到新幹線車站。遺憾的是，千尋因為工作所以沒辦法去。

「那你就隨便努力努力吧。然後，心血來潮的時候就回來看看吧。」

千尋出門的時候，跟仁說了充滿嫌麻煩老師風格的話。

「如果千尋叫我回來參加結婚典禮，我一定會馬上跑回來的。」

仁也絲毫不輸給她。

在前進的車子裡，仁變得很多話。櫻花莊的事、前學生會長的事、已經前往奧地利的皓皓的事……說完之後，就連看到的景色也都一一留下感想。

美咲大概在專心開車，反倒幾乎什麼話也沒說。

抵達車站後，把車停在附近的停車場，所有人來到月台送仁。

「我明明都說送到剪票口就好了。」

大家當然無視仁說的話。

美咲把出門前親手製作的便當，默默遞給仁。

「謝了。」

「嗯……」

廣播告知前往大阪的列車即將進站。

往東京方向看過去，如同時刻表所排定的，列車進站了。

列車緩緩減速，在停止線前停了下來。

預防乘客摔落的閘門開啟，過了一會兒，列車的門也開了。沒有人從七號車廂走出來，排隊的人依序上了車。

「我得走了。」

仁也排在隊伍的最後，踏上了登車梯。

仁站在腳踏板上，轉過頭來。

美咲似乎想說些什麼，卻始終只是低著頭。

「真是的，妳那是什麼表情啊？」

仁下到月台。

筆直走到美咲面前。

「仁。」

驚訝的美咲抬起頭來。

「我還是受不了分隔兩地！仁不在的話，我就會覺得不安！」

「我這麼不值得信任嗎？」

「不是的。我只是想要更確定的東西。」

美咲緊握著戴在左手無名指上的戒指，彷彿在祈禱一般。

仁微彎著腰，親吻了美咲的額頭。

事出突然，空太與七海茫然張大了嘴，真白也緊盯著不放。

即使如此，美咲臉上的不安並沒有消失。

「還嫌不夠的話，這個先交給妳保管。」

仁拿出了一個可愛的信封。

「這個是……」

空太對交到美咲手上的信封有印象。那是之前美咲塞進仁鞋櫃裡的情書。

如果裡面東西沒換過，那就是兩個人的結婚登記書。

「等我回來之後，就去繳交這個吧。」

「仁！」

美咲緊緊抱住仁。

這時響起了告知新幹線發車的鈴聲。

美咲充分體會體溫之後才放手。

仁在即將發車的最後一刻，回到新幹線車廂內。

安全門關上，接著列車門也關上。

流線型的美麗車身立刻動了起來。大家不斷揮手，直到看不到列車為止。

就這樣，仁從櫻花莊離巢了。

3

這學期也即將結束了。

三月三十一日。

日期一變動，就到了新的季節。對空太而言，是在水高迎接的第三個春天。

在這之前，還有另一個重要的人要啟程了。

這一天，美咲終於要離開櫻花莊了。

盛開的櫻花，花瓣漫天飛舞飄落。

在櫻花樹下，把美咲最後的行李堆進側邊印有搬家公司 LOGO 的貨車裡。業者大哥關上車廂門後，對美咲說已經都準備好了。

別離的時刻來臨。

幫忙指示行李要怎麼堆疊的美咲，跑到在門外遠遠看著的空太等人身邊。在眼前停下腳步，接著露出笑容。

「千尋，三年來承蒙妳的照顧了。」

美咲行禮致意。

「就是說啊，再也沒有像妳這麼亂七八糟的學生了。」

「小真白跟小七海也要保重喔。」

「美咲……」

真白緊緊抱著美咲。

「上井草學姊……」

七海也紅了眼眶。

「不要哭，小七海。我要念的是水明藝術大學，所以很快就會再見面的。」

「話、話是這麼說沒錯……」

確實如此，只要想見面，隨時都能再見。不過，接下來如果沒有想要見面，大概就見不到面了。這也是事實。這不但與以往完全不同，即使明知是要往前邁進，內心深處還是不禁覺得寂寞，鼻子深處有些濕潤。即使到了這一天，也完全無法想像、不願去想像沒有美咲聲音的櫻花莊會是什麼氣氛。

「DRAGON 也要去學校喔！」

「我會出席三分之二的課。」

龍之介一如往常。

「學弟！」

對於說不出話來的空太，美咲展現了美咲風格的笑容。

「櫻花莊就交給你囉！」

總覺得美咲的表情看來格外成熟，是即將啟程的表情。所以，絕對不能讓她擔心。

「是的，請交給我吧。」

美咲溫柔地拍了拍真白的背，真白終於放開美咲。

「那麼，再會了！」

「好的。」

美咲坐上副駕駛座。

引擎發動。

寬版的輪胎，彷彿緊抓著柏油路般開始轉動。

美咲從全開的車窗探出身子揮揮手。

空太等人也用全身回應。

美咲逐漸遠去。

一陣春天的強風，櫻花隨之飄落。

「赤坂。」

「幹嘛？」

「一個人也能製作遊戲嗎？」

「……」

龍之介像要試探空太的真意，以斜眼看了過來。

「我看到美咲學姊就會覺得，因為想做才去做，如果只是製作，現在我一個人也可以馬上動工吧？我認為要響應想去做的心情，最好的方法就是著手去試看看。」

畢業典禮的時候，前學生會長總一郎說過，老是想著不去動手的理由或停下腳步的藉口，根本不是櫻花莊該有的作風。

當然有理由去做或想要去做。挑戰本身對空太來說就有意義，也是個動機。

「況且，老是在做企畫的話，不算是製作遊戲吧？」

果然還是要有形體。空太想做出可以碰觸到的東西。

「以現在神田的程式知識來看，能製作的東西很有限。不過，倒也不是不可能。因為也可以使用免費遊戲引擎來做。」

實在是很像龍之介會有的簡潔回答。

「這樣啊。只要知道這點就夠了。」

只要從做得到的事開始進行就好了。不會做的事，靠學習就行了。

然後，完成之後再請誰來玩玩看吧。不論評價是有趣或無聊，甚至是大爛作，都能學到在廣大世界裡過關斬將的實力。這是空太在即將面臨第三個春天時所得到的答案，也是新目標。

「欸，神田同學。」

「嗯？」

開口說話的七海，眼神追著美咲的車子。

「我想再次從頭努力看看。」

空太有些驚訝地看著七海的側臉。她的臉上帶著沉穩的決心。

「真不可思議呢。明明哭成那樣，還以為自己再也不可能努力了……大概是這一個月以來，對於一直消沉也感到膩了。想追求目標的心情，比之前更強烈了。」

「這樣啊。」

「嗯。」

「那麼，再繼續加油囉。」

「嗯。」

七海細心領會地點點頭。心情逐漸變晴朗，就像春季的藍天。

這時，有個意外的人物插話進來。是千尋。

「那麼，趁春假的期間，青山先回大阪一趟吧。好好說服妳的父母。」

感覺得到七海的表情浮現一絲緊張。

「雖然妳可能打算自己一個人瞞混過這兩年，不過妳至少該知道，這個夢想不是一邊抱著切身問題就能抓住的吧？」

「……」

「如果妳以為全都靠自己想、靠自己決定就叫做大人，那妳可就大錯特錯了。那樣的話，只是沒有餘力傾聽別人的意見，不過是個普通的小鬼而已。妳自己也發現了吧？兩年前自己的選擇只不過是逃避。」

「等一下，老師，您說得太過分了！」

「沒關係啦，神田同學……確實是這樣。那個時候遭到父親反對的我，選擇了比較輕鬆的選項。因為自己的意見行不通，就鬧彆扭離家出走。確實，就跟老師所說的一樣。」

「既然妳現在已經能承認這一點，那就別再逃避。妳已經跟兩年前不同了，妳有了兩年以來所累積的東西。拚了命持續努力了兩年，那不是任何人都辦得到的。只有這點，我可以清楚地告訴妳，妳的兩年，絕對不會白費。」

「老師……」

七海眼眶逐漸濕潤。真羨慕能說得如此果斷的千尋。剛才的一番話，一定是七海一直以來想聽到的，也是空太無法說出口的話。

「如果是現在，妳的父母應該也能確實理解妳是認真的吧。要是這樣還無法理解，嗯，那就當作妳的父母親很沒用，這次就真的離家出走吧。」

七海不發一語地點點頭。

接著，拭去眼角淚水，向千尋高聲宣言：

「我要先回大阪一趟，回去跟父母聊過再回來。」

又有了新的開始。無論是空太或七海，接下來才正要開始。

「要留在櫻花莊，或者離開……等妳跟父母聊完之後再思考就行了。妳想要繼續待在這裡，我也無所謂，反正房間空著也是空著。」

千尋這麼說完，便穿過大門回到櫻花莊。

完全忘得一乾二淨了。

七海已經沒有理由繼續留在櫻花莊了。雖然似乎能繼續留在水高，不過要是說服父親，經濟上就可以放心了。說不定不需要像以往那樣，自己賺取所有的生活費。真是這樣的話，應該就能正常地住在一般宿舍。

七海大概是察覺到空太的視線，與他視線對上了。

雙方很清楚彼此都在思考要開口說些什麼。

「如果我不在了，神田同學會怎麼樣？」

七海別開視線。

「不，那個……應該是青山要想的事吧。」

「嗯，是這樣沒錯……只是想說，不知道你會不會多少覺得寂寞之類的……」

「那、那個，是啦……要說的話，當然是希望妳留下來。」

空太沒辦法正面看著七海，也把視線別開來。這時，剛好與一直站在旁邊的真白視線對上。

清透的眼眸凝視著空太。

「幹、幹嘛啊？」

「空太，我終於知道了。」

真白一臉認真的神情，如此說道。

「真是唐突啊。妳說知道了，是指知道什麼啊？」

「是很重要的事。」

「不，我並沒有問妳話題的重要性……」

空太隨意回應之後，突然想起了某件事。

「啊——妳該不會是指之前說的照片吧？」

記得曾對真白說過，知道了要告訴自己。

「沒錯。」

如此回答的真白，來回看了空太與七海。

「我？」

七海帶著困惑的表情歪著頭。

「……」

真白先是陷入沉默，三人之間飄盪著莫名的緊張感。

她到底知道什麼了呢？究竟打算說什麼？心跳一點點逐漸加速。

這時，真白的嘴裡再度發出聲音。

「七海跟我是一樣的呢。」

「啥？」

「咦？」

空太與七海同時感到驚訝。到底哪裡是一樣的？

「我跟七海是一樣的。」

「妳只是調換前後順序而已吧！」

「因為，七海對空太……」

真白正要直搗核心。

「等一下，真白！那個不能說！」

中途就被七海的聲音掩蓋過去。

「喂，神田。」

同時也被龍之介感到困惑的聲音蓋過。仔細一看，七海的雙手摀住真白的嘴。真白雖然想說些什麼，不過聽不懂。

「這、這個話題就到此結束！知道了嗎？話題結束了喔！」

一臉可怕表情的七海這麼說了，空太沒辦法，只好轉頭面向背後的龍之介。

「話說，赤坂你怎麼了？」

「那個。」

龍之介伸手指著。

再度轉向前方，不知何時美咲的車已經停在那邊。

「是不是忘了什麼東西？」

空太才一說完，美咲便打開副駕駛座的車門下車。不但如此，接著就連健壯的搬家業者大哥也下了車，熟練地把車上的行李搬到櫻花莊旁邊空地才剛蓋好的房子裡。

「啥？」

這是怎麼回事？

完全搞不懂。

總之，先到那邊去一窺究竟。

抬頭仰望蓋在櫻花莊隔壁的豪華房子。看起來確實比福岡的老家還要寬敞。

「雖然我不太願意去想，不過，這個……」

「我覺得八成是那樣。」

察覺答案的七海，發出厭倦的聲音。空太也得到相同的答案。

「搬家是搬到這裡來啊！」

空太如此大喊，結果剛走進房子的美咲又一派輕鬆地走了出來。

「我是剛搬到隔壁的三鷹美咲，請多多指教囉，學弟！來，這個是剛搬家的見面禮！」

空太反射性收下遞過來的盒子。

「啊，哪裡……不對，這房子是怎麼一回事啊！」

「我蓋的。」

「我想也是！」

「地下室還有房間喔，是能做點錄音、影音合成，還有影像剪輯的工作室喔！怎麼樣啊！」

「……喔，真的是很棒呢。」

規模實在太大了，以致於根本就跟不上。她到底是花了幾千萬啊？要是上億的話，又該怎麼辦啊……

「先不管這個，神田同學……」

出聲叫喚的七海，直盯著門牌看。上面寫著「三鷹」。空太也斜眼瞄了一下，實在令人很在意。而且，剛才美咲不是自稱「上井草」，而是「三鷹」……

閃過腦海的，是仁在新幹線月台上交給美咲的情書。

裡頭是結婚登記書。

那個時候，仁告訴美咲「等我回來後，就去繳交這個吧」。那應該是指「四年後仁從大阪回來時」的意思……不過……

「美咲學姊，那個時候的情書妳拿到哪去了？」

「因為弄丟就不得了了，所以我送出去了。」

「送去哪！」

雖然早就知道答案，但還是不得不問。

「市公所喔～～！」

美咲呆呆地回應。

「妳跟仁學長說過了嗎？」

「剛剛打電話告訴他了。」

「他說什麼？」

「他高興得連話都說不出來了呢～～」

總覺得絕對不是這樣。仁大概是深受打擊而說不出話來吧。

「更重要的是！這麼一來，我從春天起就是人妻女大學生囉！有沒有很興奮啊，學弟！你可以盡情感到興奮喔，學弟！」

不，算了，因為美咲看起來很幸福的樣子，就不要想得太深入了。反正總有一天會變成這樣，所以就算是現在也無所謂。空太決定就這麼想了。

「那個，美咲學姊。」

「什麼事？」

「總之，恭喜妳了。」

美咲開心地喊著：

「耶～～肚子好像餓了，好～～那麼大家一起去吃飯吧！」

美咲向天空高舉拳頭。這麼一來，好像每天都能一起吃飯。

站在旁邊的七海苦笑著。真白大概覺得很開心，抱著美咲。龍之介則是一副受不了的樣子嘆了口氣。

空太露出苦笑，仰望天空。

心逐漸放晴，多餘的東西彷彿被洗滌乾淨了。回過神來，心中只剩下一種情緒。有些靜不下來、心神不定的感覺，開始在意起剛才真白本來要說的話。

「什麼事？」

與真白視線一對上，真白便如此問道。

「不，沒事。」

不過，空太卻不打算再提剛才的話題。即使不問，也隱約知道。因為面對提出七海話題的真白，空太心中有種惆悵的感覺。

空太早就知道這種感情是什麼了。

而且不可思議地也有了預感。無論把謊話說得多好聽，結果還是到了極限。就在不遠的未來，即將面對自己一直以來隱藏起來的情感……

風吹得櫻花花瓣滿天飛舞。

第三年的春天終將來臨，第三年的季節即將到來。不論是哭是笑，對空太而言，都是高中生活的最後一年了。

仰望著藍白色的天空，現在上頭什麼也沒有。要在這壯闊的畫布上描繪什麼呢？如果是現在，應該什麼都畫得出來。

因為不論是什麼樣的未來，都會與這裡緊緊相繫。

後記

呃～～後記嗎？是的，來到後記了。

率直地說出目前的心境，如同之前預告過的，能在過年前發行第六集，真是覺得太好了，因而鬆了一口氣。

在下是完全倦怠無力的鴨志田一。

話雖如此，一方面廣播劇CD即將發行，真是可喜可賀。本人必須寫出劇本，再加上在還沒搞清楚狀況時，就決定要出版短篇集的各種情形下，要是寫了作者倦怠無力，說不定責任編輯會生氣吧。雖然明知道這一點，卻又覺得要刪掉已經寫好的東西很麻煩，所以就決定這樣了。看來人在有些時候，明明清楚得很卻沒辦法罷手。

先撇開這個不談，《櫻花莊》的故事，也因為這次的第六集而迎接一個很大的段落。保險起見先聲明，只是一個段落，還不是最後一集。

因為很重要，因此再說一次。不是最後一集喔。

三年級生畢業的這個大事件，是在作品還沒成形之前……還在構思情節的階段就已經被加入的內容。因此，老實說有種「終於走到這裡了啊～」的心情。

當時還很概略的情節，原本預定是全部共七集左右的份量，但是含短篇集在內，這本第六集就已經是第七本了。

因此，之後《櫻花莊》的故事將迎接嶄新的局面，未來也還會持續下去，希望有幸讓讀者繼續陪伴我們走下去。

負責插畫的溝口ケージ老師，還有荒木責編，今後尚祈不吝指教。

下一次，會是在櫻花的季節……大概是吧。

鴨志田一

國家圖書館出版品預行編目資料

櫻花莊的寵物女孩 6 / 鴨志田一作 ; 一二三譯 . -- 初版 . -- 臺北市 : 臺灣國際角川 , 2010.09-

冊 ;　公分 . —— (Kadokawa fantastic novels)

譯自 : さくら荘のペットな彼女 6

ISBN 978-986-237-822-9(第 1 冊 : 平裝). --
ISBN 978-986-237-919-6(第 2 冊 : 平裝). --
ISBN 978-986-287-030-3(第 3 冊 : 平裝). --
ISBN 978-986-287-118-8(第 4 冊 : 平裝). --
ISBN 978-986-287-465-3(第 5 冊 : 平裝). --
ISBN 978-986-287-858-3(第 6 冊 : 平裝)

861.57　99014691

Kadokawa Fantastic Novels

櫻花莊的寵物女孩 6

（原著名：さくら荘のペットな彼女 6）

2012年8月9日　初版第1刷發行
2023年10月16日　初版第13刷發行

作　者：鴨志田一
插　畫：溝口ケージ
日版設計：T
譯　者：一二三

發行人：岩崎剛人
總編輯：蔡佩芬
編　輯：孫千棻
美術設計：吳佳昫
印　務：李明修（主任）、張加恩（主任）、張凱棋

發行所：台灣角川股份有限公司
地　址：104台北市中山區松江路223號3樓
電　話：（02）2515-3000
傳　真：（02）2515-0033
網　址：www.kadokawa.com.tw
劃撥帳戶：台灣角川股份有限公司
劃撥帳號：19487412
法律顧問：有澤法律事務所
製　版：巨茂科技印刷有限公司
ISBN：978-986-287-858-3